KB134245

신포서
新정기

신조선전기 15권

초판1쇄 펴냄 | 2019년 08월 14일

지은이 | 다물
발행인 | 성열관

펴낸곳 | 어울림 출판사
출판등록 / 2009년 1월 23일 제 2015-000062호
주소 / 경기도 고양시 일산동구 무궁화로 43-55, 801호 (장항동, 성우사카르타워)
TEL / 031-919-0122
FAX / 031-919-0127
E-mail / 5ullim@hanmail.net

값 8,000원

ISBN 978-89-992-5823-7 (04810)
ISBN 978-89-992-4794-1 (SET)

신조선사계

목차

필독

본 소설은 허구입니다. 실제적 역사나 사실과 다를 수 있습니다.

인류 최고의 천재를 만나다

"이번에 제가 가정한 이론의 공식은 이겁니다."

"$E=mc^2$?"

"그렇습니다. $E=mc^2$입니다. 그리고 이것이 제가 발표한 특수 상대성이론의 공식입니다. 이 공식의 증명은 칠판 옆에 쓰인 증명을 보시면 됩니다."

"그러면 요지가 대체 어떻게 되는 겁니까?"

"공간과 시간은 상대적이라는 것입니다."

"상대적이라고요?"

"그렇습니다. 그리고 에너지가 질량으로, 질량이 에너지로도 바뀔 수 있습니다."

"아, 저번에 교수님께서 말씀하셨던 그 이론이군요."

"예. 그리고 이번에 저는 특수 상대성이론을 일반적인 경우에 적용시킴으로써 새로운 가설을 세우게 됐습니다. 그것은 질량을 가진 존재가 중력을 가지는 것이 아닌, 공간과 시간을 왜곡시키면서 주위의 물질을 질량을 가진 존재의 중심으로 떨어지게 만드는 것입니다. 그것이 우리가 아는 중력입니다."

곱슬머리와 콧수염이 특징인 수학자였다.

그가 베를린 대학교에서 학자들을 상대로 설명했다.

설명을 들은 물리학자가 수학자에게 물었다.

"그렇다면 교수님의 이야기는 아이작 뉴턴의 만유인력 법칙이 틀렸다는 것입니까?"

학자의 질문에 수학자가 대답했다.

"틀린 게 아니라, 포함되는 것입니다."

"그러면 그것이 실험으로 증명된 적은 있습니까?"

"없습니다… 하지만 환경이 주어진다면 저도 확인해 보고 싶습니다. 분명히 시공간의 왜곡이 존재하는 경우가 있을 겁니다."

수학자의 말에 나이 지긋한 학자가 말했다.

"아인슈타인 교수의 말은 그야말로 가설이오. 그러니 학회에서는 그 이론을 인정해줄 수 없소. 실험으로 증명하고 증거와 증인을 남기시오."

물리학회의 학회장이었다. 그의 말에 수학자는 낙담한 표정을 지었다.

그러나 자신이 세운 가설을 물리지 않았다.

학회에서 설명이 끝나고 강의실에서 나가는 학자들이 이야기를 주고받았다.

"만유인력 법칙을 포함한다니 그 무슨."

"아무리 노벨상 수상자라지만 과했어."

"자기가 뉴턴보다 위대한 학자라는 거야 뭐야. 증거도 없는데. 괜히 시간 낭비만 했네."

강의실에서 나가며 험담을 하는 학자들의 뒷모습을 봤다.

그리고 일반 상대성이론을 발표한 중년의 수학자는 실망한 표정으로 빈 강의실을 쳐다봤다.

한숨을 쉬면서 머릿속에서 이론을 그렸다.

"후우… 실험으로 증명해야 되는데……."

백번 숫자 놀음을 해 봐야 학자들이 자신의 이론을 믿어줄 것 같지 않았다.

백문이 불여일견이었다. 그런 생각을 하며 자신의 이론을 어떻게 실험으로 증명할지에 대해서 고민했다.

그때 수학자의 손을 붙잡는 이가 있었다.

"알베르트."

수학자의 손을 잡은 이는 이종사촌 누나이자 6촌 누나 겸, 부인인 '엘자 아인슈타인'이었다.

그녀가 남편의 학회 발표를 보러왔다가 상심한 '알베르트 아인슈타인'을 위로했다.

남편인 아인슈타인의 손을 잡으면서 말했다.

"신경 쓰지 마. 알베르트. 사람들이 네 생각을 이해하지 못해서야."

"그건 이미 알고 있어. 하지만 난 사람들이 상대성이론의 실체를 알길 원해. 그래야 지금의 학문을 뛰어넘을 수 있어. 생각할 수 있는 시간이 필요해."

아내의 위로에도 아인슈타인의 상한 마음이 가시지 않았다.

그것도 그럴 것이 그는 독일에서 존경 받는 학자였고 광전효과에 대한 증명으로 노벨 물리학상까지 받은 대학자였다.

그런 아인슈타인을 뉴턴과 만유인력 법칙을 건드렸다는 이유로 무시 받았다.

그의 상한 마음을 위로할 수 있는 것은 오직 상대성이론이 인정받는 것뿐이었다.

그런 생각을 하다가 엘자의 손에 쥐어져 있는 종이를 봤다.

"그건 뭐야?"

엘자가 대답했다.

"아, 학회가 끝나면 같이 영화를 보려고 했어."

"영화?"

"왠지 네가 재밌게 볼 것 같아서. 이번에 영화관에서 개봉했는데 사람들이 대단한 영화라 말하고 있어. 머리도 식힐 겸 보러 가지 않으래?"

"……."

엘자의 이야기에 아인슈타인이 잠시 고민했다. 그리고 결정을 내렸다.

"어떤 영화인지는 모르겠지만, 나쁘지는 않을 것 같아."

"고려에서 만든 영화라고 하니까. 분명히 재미는 있을 거야."

그동안 공부만 하고, 연구만을 하느라 문화생활을 제대로 즐길 수 없었다.

오래간만에 엘자와 손을 잡고 백화점과 함께 있는 영화관으로 향했고 그곳에서 영화를 보았다.

입장하기 전에 보게 될 영화의 제목을 확인했다.

"성간 개척?"

"우주를 배경으로 한 영화래. 영상이 대단한 영화라고 들었어."

조선의 영화가 뛰어난 영상미를 갖춘 것은 꽤 오래 전부터 알려져 있었다.

세계 최초로 컬러 영화를 상영했고 음성 영화를 상영하면서 세상 사람들에게 큰 충격을 안겨준 사실을 알고 있었다.

그러나 우주를 배경으로 하는 영화는 누구도 상상하지 못할 영화였다.

큰 호기심을 안고 엘자와 함께 상영관에 들어갔고 의자에 다리를 꼬고 앉아서 검은 배경으로 채워진 영화를 보기 시작했다.

우주에서 보는 지구가 표현됐고 우주에 수많은 별들이 반짝이면서 빛나고 있었다.

그리고 사람을 태운 우주선이 지나갔다.

그 안에서 배우들의 열연이 이어지고 있었다.

주인공을 돕는 승무원이 종이와 연필을 들어 보이면서 말했다.

[여기에 종이가 있습니다. 이 종이의 끝에서 끝으로 이동할 때 어떻게 해야 최단 거리로 이동할 수 있을까요?]
[종이를 접으면 되지 않겠습니까?]
[맞습니다. 종이를 접어서 끝에 구멍을 뚫으면 됩니다. 이 것이 바로 최단 거리로 가는 방법입니다. 이 구멍을 벌레 구멍이라 부릅니다. 우리는 벌레 구멍을 통해서 우주 저편으로 향할 겁니다.]

“……?!”
인물들의 대사를 듣고 아인슈타인이 귀를 의심했다.
꼬았던 다리를 풀고 온 힘을 다해 영화에 집중했다.
그리고 다시 인물들이 하는 대사를 들었다.

[저 별이 검은 구멍입니다.]
[검은 구멍?]
[태양보다 수십배의 질량에 이르는 별이 수명을 다해서 폭발한 뒤, 찌꺼기가 수축해 한 점으로 질량이 집중된 천체입니다. 스스로 중력을 이기지 못해 질량이 수렴된 천체이기도 하죠. 때문에 저 별 주위로 시공간이 휘어져 있고, 가까이에 위치한 행성으로 향하게 되면……]
[밖에서 볼 때는 시간이 느리게 지나는 것처럼 보이겠군요.]

16

[전자계산기로 계산한 결과 30분 머물게 되면 밖에서는 5년이 지납니다. 그러니 착륙해서 김정기 박사님을 빨리 구조하셔야 됩니다. 저는 우주에서 기다리겠습니다.]

"맙소사……!"

영화를 보다가 실수로 탄성을 터뜨렸다.

그의 탄성에 주변에 있던 관객들이 인상을 쓰면서 노려봤다.

아인슈타인은 감탄사를 내지 않으려고 입에 잔뜩 힘을 주고 영화를 감상했다.

영화의 내용은 지구가 멸망 위기에 빠진 시대를 배경으로, 인류가 우주를 개척해 후손을 이어 나가려고 하는 내용이었다.

그리고 그 안에서 검은 구멍이라고 하는 천체의 존재가 밝혀졌다.

아니, 모든 것이 공상이었다. 그러나 그것은 실제처럼 느껴졌다.

사람을 구하기 위해 시공간이 왜곡되어 있는 행성에 착륙했고, 불상사가 생기면서 무려 한시간 동안 행성에 머물렀다.

그리고 한시간 만에 겨우 모함으로 돌아왔다.

모함으로 돌아오자 젊고 생생했던 승무원이 불혹의 나이가 되면서 하얀 머리카락들이 보였다.

그를 보고 돌아온 주인공과 동료가 울먹였다.

그 모습을 보고 사람들은 크게 충격을 받았다.

그리고 빛조차 탈출할 수 없는 검은 구멍인데 원반 형태의 빛무리를 아름답게 내뿜는 것을 보고 탄성을 터트렸다.

아인슈타인은 영화를 관람하는 내도록 심장이 두근거리는 것을 느꼈다.

영화가 끝나자 상영관에서 나온 엘자가 흥분하는 모습을 보였다.

"정말 대단한 영화였어, 그렇지 않아? 그리고 지금에야 생각이 드는데 알베르트가 발표했던 상대성이론과 비슷하지 않아? 나는 그렇게 생각이 드는데……."

"……."

"알베르트?"

학회에서 발표했던 남편의 상대성이론을 기억했다.

그것과 비슷하다고 아인슈타인에게 엘자가 말했다.

아인슈타인은 생각에 잠길 수밖에 없었다.

"알베르트 뭘 생각해?"

"아."

"우리가 본 영화, 알베르트의 상대성이론에 관한 영화가 맞지?"

엘자가 다시 물었고 아인슈타인이 대답했다.

"맞아. 분명히 상대성이론이었어… 세상에서 모두가 내 이론을 무시하는데 오직 고려만 알아주고 있어……."

목소리가 떨렸다. 그리고 쥐고 있던 주먹도 함께 떨리고 있었다.

그가 아내인 엘자에게 강하게 말했다.

"아무래도 고려에 가야 할 것 같아. 어쩌면 그곳에서 내 이론을 증명할 수 있을지 몰라. 한성으로 가야 할 것 같아."

남편이 하는 이야기를 이해하고 엘자가 고개를 끄덕였다.

그리고 아인슈타인은 강의를 맡고 있는 베를린 대학교에서 계약이 끝나기를 기다렸다.

학기가 끝나자 곧바로 집 정리를 했고 엘자와 함께 터키로 향하는 열차편에 몸을 실었다.

이후 터키에서 한빛으로 갈아타서 한양에 도착했다.

그가 조선에서 방을 구했다.

"여깁니까?"

"그렇소. 여기요. 그런데 조선말이 무척 유창하시구려."

"유럽에 와서 강의를 했던 학자 분들로부터 배웠습니다."

"그랬군. 참, 벽의 이 기계가 온돌의 온도를 조절해주는 기계요. 이렇게 켜고 이렇게 끄는 거니까 그렇게 아시오. 그리고 이걸로 온도를 조절할 수 있으니까 이쯤에 두고 전원을 켰다 끄시오. 저쪽이 화장실이고, 알려줄 만큼 알려줬으니 나가겠소. 여기 열쇠가 있소."

"좋은 방을 주셔서 감사합니다."

"궁금한 것이 있으면 아랫집으로 오시오."

"예."

저가 연립주택에 아인슈타인과 엘자가 지내기 시작했다.

두 사람은 집주인으로부터 안내를 받아 방 두개로 되어 있는 집을 얻고 가지고 온 원화 현금으로 집주인에게 한달 방세를 계산했다.

그리고 집주인이 나가자 찬찬히 방안과 화장실을 살펴봤다.

방 한쪽에 두꺼운 이불이 접혀 있었다.

신을 벗고 방으로 들어온 아인슈타인이 온돌을 가동시켰다.

그러자 바닥이 따뜻해지기 시작했다.

바닥에 앉은 엘자가 손으로 만지면서 훈기를 느꼈다.

그리고 사촌동생이자 남편인 아인슈타인에게 물었다.

"내일 어떻게 할 거야?"

아인슈타인이 대답했다.

"그 영화가 제주도에서 만들어졌다고 하잖아. 그래서 제주도로 가서 영화를 만든 사람을 만날 거야."

"만나서 상대성이론에 대해서 아냐고 물을 거야?"

"그래야겠지? 그리고 어쩌면 드는 생각인데 왠지 나보다 먼저 상대성이론을 발견한 사람이 있을 것 같아. 왠지 그런 느낌이 들어."

어떻게 시공간의 왜곡을 설명하는 영화를 만들 수 있었는지 궁금했다.

세상에 그것을 상상할 수 있는 사람은 자신밖에 없다고 생각하고 있었다.

그리고 다음 날 엘자와 함께 서울역에서 목포로 향하는 기차에 몸을 싣고 배를 타고 제주도에 입도했다.

제주도는 세계 영화의 중심지였다.

거리 곳곳에서 영화 촬영이 벌어지고 있었다.

그 모습을 아인슈타인이 구경하다가 성간개척이라는 영화를 만든 회사에 찾아갔다.

그리고 다짜고짜 물었다.

"저, 여쭙고 싶은 것이 있습니다. 혹시 성간개척이라는 영화를 만든 감독을 만날 수 있겠습니까?"

"갑자기 감독을 만나겠다니. 미친 것이오?"

"꼭 만나고 싶습니다."

"아니, 우리 회사 직원도 아니면서 무슨 연유로 감독님을 만나겠다는 거요? 절대 불가하오."

영화사 정문을 지키는 경비원이 아인슈타인을 가로막았다.

아인슈타인은 성간개척을 제작한 감독을 만날 수 있기를 간절히 소망했다.

그 바람을 전했지만 경비원은 자기 일에 최선을 다했다.

영화사 사옥을 출입하는 직원들이 보면서 웅성거렸다.

아인슈타인은 자신이 수상한 사람이 아니라는 것을 증명하려고 했다.

유럽의 신문을 가지고 경비원에게 보여줬다.

"여길 보십시오. 제가 노벨상 수상자입니다. 저는 수상한 사람이 아닙니다. 그러니 부디……."

"노벨상이고 뭐고 간에 안 된다니까. 나는 그 상이 뭔지도 모르오. 그리고 안 되니까 그리 아시오."

"제발 부탁드립니다."

"어허, 안 된다니까!"

참다못한 경비원이 소리를 질렀다.

그러던 중 영화사 입구를 지나는 한 임원이 정문에서 일어나는 실랑이를 보고 발걸음을 옮겼다.

그가 사이로 껴들어서 물었다.

"무슨 일입니까?"

경비원이 임원에게 무슨 일인지 알려줬다.

"이 서양인이 자꾸 성간개척을 제작하신 감독님과 만나고 싶다고…….."

"음?"

임원이 고개를 돌렸고 경비원과 실랑이를 벌이는 중년 외국인의 얼굴을 보게 됐다.

콧수염이 있었고 머리카락은 마치 베토벤처럼 사방으로 뻗어 있었다.

그리고 곱슬머리를 지녔다.

그가 누구인지 임원은 알고 있었다.

'알버트 아인슈타인?!'

눈이 커지면서 흠칫 놀랐다. 놀란 임원을 아인슈타인은 간절한 시선으로 보고 있었다.

엘자는 앞에 서 있는 임원이 누구인지 알고 있었다.

"알베르트. 이분, 이태성 감독님이야."

"뭐, 진짜?"

"그래."

엘자의 이야기를 듣고 아인슈타인의 입가에 환한 미소가

배어들었다.

그리고 태성에게 물었다.

"혹, 성간개척이라는 영화를 만드신 감독이십니까?"

그 물음에 태성이 움찔하면서 아인슈타인을 아래위로 훑었다.

그가 무슨 이유로 조선에 온 것인지 알 수 있었다.

태성이 아인슈타인에게 대답했다.

"아닙니다. 제가 만든 영화는 아닙니다."

"그러면⋯⋯."

"제가 촬영한 영화는 아니지만 만들라고 지시한 적은 있습니다. 혹시 영화에서 소재로 쓰이는 상대성이론 때문에 오셨습니까?"

"예. 혹시, 상대성이론을 아십니까?"

"대충은 알고 있습니다. 그리고 영화를 연출한 감독이나 저보다는 다른 분을 만나시는 게 나을 것 같습니다."

"어떤 분을 말씀입니까?"

"상대성이론을 알려주신 분을 말입니다. 그분을 만나서 이야기하시는 게 나을 것 같습니다. 혹시 조선에서 어디에서 지내고 계십니까?"

"한양에서 집을 마련해 머물고 있습니다."

"주소를 적어주실 수 있겠습니까?"

"자⋯ 잠시만 기다려 주십시오. 확인 좀 하겠습니다."

"기억력이 좋은 편은 아니시군요."

"기억은 잘 못하지만 계산은 잘합니다."

갑자기 기억력을 언급하는 이유에 대해서 아인슈타인이 이해하지 못했다.

쪽지를 찾는 그를 보면서 환갑으로 향해가는 태성이 미소를 지었다.

이내 아인슈타인이 쪽지를 꺼내서 옮겨 적으면서, 그가 넘겨주는 쪽지를 받아 안에 쓰여 있는 주소를 확인했다.

"한성이군요."

"예. 감독님."

"집에 가 계시면 사람이 올 겁니다. 그때 따라가시면 됩니다."

"아… 알겠습니다……."

"멀리까지 오느라 고생하셨을 텐데… 바로 가셔야 되는군요. 가는 동안 안전하길 빌겠습니다."

"감사합니다."

태성이 목례로 인사하자 아인슈타인도 따라 목례했다.

그리고 모든 것이 정리되었다.

"용무는 끝났소?"

"예."

"그럼 가 보슈. 앞에서 소란스럽게 만들지 말고 말이오. 직원분과 방문객들이 오가는데 불편하오."

"아, 예. 죄송했습니다."

경비원에게도 목례로 인사했다.

그리고 경비원은 손을 들어 보이면서 괜찮다는 표현을 나타냈다.

영화사 정문에서 멀어지자 엘자는 태성을 만나서 제주도에 온 소득이 있었다고 아인슈타인에게 말했다.

물론 그녀가 말하는 소득은 아인슈타인이 생각하는 소득과 완전히 다른 소득이었다.

태성과 사진을 함께 찍지 못해서 아쉽다고 한양으로 돌아가는 동안 몇 번이나 이야기했다.

한편 사장실로 들어온 태성이 전화기를 들었다.

그는 특별 번호로 전화를 걸어서 자신이 아는 지인에게 중요한 사실을 전했다.

"조선에 아인슈타인이 왔습니다. 예. 조만간 한양으로 돌아갈 겁니다. 주소를 알려드릴 테니 사람을 보내시면 될 것 같습니다."

주소를 알려주고 전화를 끊었다. 흥분하기는 태성 또한 마찬가지였다.

"우와, 내가 아인슈타인까지 만나게 되다니. 이야~"

아인슈타인을 보게 된 순간을 되새기면서 쉽게 사라지지 않는 여운을 느꼈다.

다음 날 아인슈타인은 집에 돌아와서 태성이 말한 사람들이 오기를 기다렸다.

그리고 정오 즈음이었다. 문에서 누군가 손으로 두드리는 소리를 들었고 아인슈타인이 직접 문을 열고 밖을 살폈다.

문 앞에 양복을 입은 사람들이 서서 아인슈타인에게 신원을 물었다.

"알베르트 아인슈타인 박사이십니까?"

"그렇습니다."

"박사님을 모시러 왔습니다. 밖에서 차가 기다리고 있습니다."

"……."

문 밖으로 나와 난간 앞에 서서 아래를 내려다봤다.

길가에 아우들 차가 두 대 서 있었고 그 주변에 똑같이 양복을 입은 사람 네명이 지키고 있었다.

아인슈타인이 자신을 데리러 온 남자들에게 물었다.

"제 아내와 함께 가도 되겠습니까?"

"안 됩니다."

"그러면 혼자 남게 되는데……."

"경호원 두명이 남아서 지키겠습니다. 한명은 독일어에 능합니다."

경호대장인 듯한 자가 말하자 그 말을 들은 아인슈타인이 고개를 끄덕였다.

그리고 엘자에게 잠시 다녀오겠다고 말했다.

엘자는 집에서 기다리겠다고 말하면서 조심히 다녀오라고 말했다.

경호원들의 호위를 받으면서 아인슈타인이 차에 탑승했다.

누굴 만나게 될지 기대하면서 뒷좌석에 엉덩이를 깔았을 때 미리 곁에 앉아 있는 사람을 보게 됐다.

그는 상당한 연배를 지닌 사람이었다.

"알베르트 아인슈타인 박사요?"

"예. 맞습니다."

"나는 조선의 과학기술부대신인 박은성이라고 하오. 만나게 되어서 반갑소. 그리고 노벨물리학상 수상자를 만나게 되어서 영광이오."

"저… 저야말로 영광입니다."

감히 조선의 장관을 만나게 될 것이라는 것을 상상하지 못했다.

얼떨떨한 표정을 지으며 좌불안석이 되었다.

'갑자기 고려의 과학기술부 장관이라니! 이게 어떻게 된 거야?!'

그저 상대성이론 증명을 위한 길을 찾으려다가 조선의 최고 정치인 중 한 사람까지 만나게 되었다.

그렇게 차를 타고 집에서 떠났다.

아인슈타인에게 박은성을 보낸 사람은 오직 한 사람이었다.

그가 업무를 마치고 집에 와서 통신기를 작동시켰다.

장성호가 성한에게 교신을 시도했다.

그리고 아인슈타인이 조선에 온 사실을 알려줬다.

이야기를 들은 성한이 웃으면서 장성호에게 말했다.

─무엇 때문에 조선에 가게 됐는지 알 것 같습니다. 최근에 성간개척이라는 영화가 개봉되었죠?

"예. 과장님."

―아무래도 그것을 보고 조선에 간 것 같습니다.

"과장님 말씀대로 막무가내로 발해영화사 사옥을 찾아왔다 합니다. 그리고 성간개척을 촬영한 감독을 만나려고 했습니다. 그 영화에 상대성이론에 관한 내용이 담겨 있으니 말입니다."

―아직은 가설만 있고 증명되지 못한 이론입니다. 이왕 이렇게 되는 거 아인슈타인을 조선에 정착시킵시다.

"인류사 최고의 천재를 말입니까?"

―최고는 아니지만 조선의 과학기술 발전에 크게 도움이 될 겁니다. 물론 상대성이론은 조선에서 먼저 가설을 세운 이론으로 되겠지만 말입니다. 어차피 그것을 증명할 준비도 끝마쳤는데 기술부장님이 세우신 이론으로 해서 아인슈타인과 함께 증명하는 겁니다.

"예. 과장님."

성한의 이야기를 듣고 장성호가 대답했다.

그리고 교신 도중에 궁금한 것을 물었다.

"저, 과장님. 제가 알기로 아인슈타인이 인류 최고의 천재로 알고 있는데, 혹시 더한 천재도 있습니까?"

―물론이죠.

"설마, 루게릭병에 걸렸던 유명한……."

―그 사람은 아닙니다. 시대도 맞지 않고 말입니다. 제가 아는 천재는 그 학자들보다 훨씬 뛰어난 천재입니다. 어쩌면 우리가 미래로 돌아가는 방법을 찾아낼 수도 있습니다.

―성한의 대답을 듣고 장성호가 피식 웃었다.

이미 미래로 돌아갈 수 없다는 것을 알고 있었다.

돌아가도 의미가 없을 정도로 많이 늙어 있었고 20년의 후의 생사를 장담할 수 없을 만큼 나이를 먹은 상태였다.

그저 성한이 말한 이가 천재 중의 천재라고 생각했다.

—궁금해 하면서 이름을 물었다.

"누굽니까? 그 천재는?"

성한이 대답했다.

—윌리엄 제임스 시디스입니다.

"윌리엄 제임스 시디스?"

—예. 부장님. 신상을 파악하는 대로 조선으로 보내겠습니다. 미국에서는 그의 인생을 살필 수 없습니다.

처음 듣는 이름이었다. 그리고 그렇게 기대하지 않는 이름이었다.

때문에 성한에게 알겠다고 이야기하면서 교신을 끝마쳤다.

이후 책상 앞에 앉아서 아인슈타인의 이름을 되뇌었다.

"아인슈타인이 조선에서 정착한다라……."

그의 천재성을 조선을 위해서 쓸 수 있도록 고민하기 시작했다.

그리고 조선을 위하는 것이 세상을 위한 것이라고 강하게 믿었다.

장성호가 대궐로 입궐해서 이척에게 아인슈타인이 온 사실을 알렸다.

이야기를 들은 이척은 인재가 조선에 왔다고 기뻐했다.

"유럽에서 노벨상을 받았다면 그만큼 학문을 연구하는 데에 있어서 상당한 공적을 인정받았다는 것이 아닌가?"

"예. 폐하."

"그런 자가 자신의 학문을 인정받기 위해 조선에 오다니, 상대성이론이라고 했는가? 그런 이론을 정녕 조선에서 증명할 수 있는 것인가?"

"이미 증명을 위한 준비를 벌이고 있습니다."

"어떻게 말인가?"

"하늘로 우주발사체를 쏘아 올릴 것입니다. 그것으로 상대성이론을 증명할 수 있습니다."

장성호의 이야기를 듣고 이척은 궁금한 것이 많아졌다.

그가 장성호에게 질문했고 장성호는 어떻게 증명되는 것인지 차분히 이척에게 설명했다.

그것과 비슷한 내용의 이야기를 박은성이 아인슈타인에게 말했다.

과학기술부 청사 내 회의실에서였다.

아인슈타인이 탁자 앞에 앉아 있었고 그는 박은성으로부터 상대성이론에 관한 이야기를 들었다.

흥분과 실망이 함께 교차되고 있었다.

"저는 제가 먼저 상대성이론을 발표한 줄 알았습니다. 그런데 조선에서 먼저 발표되었다니……."

"조선 학계에서만 발표된 것이오. 물론 실험으로 증명되지 않아서 국제 학회에 발표되지 않았지만 말이오. 하지만 조만간 증명을 위한 실험을 벌일 것이니, 정말 시간에 맞게 잘 오신 것 같소. 원한다면 실험을 참관할 수 있도록 허락하겠소. 어떻소?"

"제가 조선에서 발표한 이론의 증명 실험을 보게 된다는 말씀입니까?"

"그렇소. 대신, 조건이 있소."

"어떤 조건입니까?"

"조선에 와서 박사의 학문을 연구하시오. 연구비는 얼마든지 지원하고 주택과 영주권도 허락될 것이오. 또한 우리가 연구한 것을 먼저 공개해줄 수 있소."

예상치 못한 제안에 아인슈타인이 환하게 웃었다.

"좋습니다. 그렇게 하겠습니다. 조선에서 물리학 연구를 벌이겠습니다."

박은성도 함께 웃었다.

"아인슈타인 박사와 함께 하게 되어서 영광이오."

"저야말로 영광입니다."

조선에 머물기로 했다. 그리고 어떤 실험으로 상대성이론을 증명하게 되는지 이야기를 들었다.

박은성의 이야기에 아인슈타인은 크게 놀랄 수밖에 없었다.

그 실험은 그야말로 인류사 최초로 벌어지는 일이었다.

몇 달 안에 우주발사체가 쏘아질 예정이었다.

그 시간은 그야말로 순식간에 지나갔다.

아인슈타인은 과학기술부에서 마련해준 고층 연립주택에 거주하면서 풍요로운 삶을 살았다.

그는 성균관에서 물리학과를 전공으로 하는 학생들을 가르쳤다.

그곳에서 학생들이 하는 질문에 대답해야 됐다.

"교수님 말씀대로라면 이 세상은 시공간, 즉 4차원으로 되어 있다는 말씀이겠지요? 가 축과 나 축, 다 축의 공간과 시간이 더해지니 말입니다."

"그렇습니다."

"공간 축 중 하나를 빼면 면이 되고, 다시 하나를 빼면 선이 되는데, 그렇다면 5차원은 어떻게 되는 겁니까?"

"그것은……."

"2차원 공간이 1차원 공간을 간섭하고, 3차원 공간이 2차원 공간을 간섭할 수 있다면 우리가 모르는 4차원 공간이 지금의 공간을 간섭할 수 있지 않을까라는 생각이 듭니다. 그래서 교수님께 질문을 드렸습니다. 그리고 가르침을 구하고 싶습니다."

"……."

학생의 질문에 아인슈타인의 관자놀이에서 식은땀이 흘러내렸다.

시공간에 대해서 이야기하다가 전혀 생각하지 못한 질문이 나왔다.

그 질문에 아인슈타인이 대답하지 못했다.

마침 적절한 시간에 종이 울렸다.

강의가 끝나면서 아인슈타인이 안도의 한숨을 쉬었다. 그러면서 솔직하게 대답했다.

"아직 5차원에 대한 것은 학계에서 밝혀진 것도 가정된 것도 없습니다. 하지만 정말 기발한 생각 같군요. 저도 그 질문에 놀랐습니다. 학과 과정 외에 따로 이야기할 수 있는 기회가 있었으면 좋겠습니다. 정말 좋은 질문이었습니다."

아직 거기까지 생각이 미치지 못한 사실을 고백했다.

학생들은 아인슈타인으로부터 가르침을 얻지 못해 아쉬운 반응을 보였다.

그러나 그에게 실망하지 않았다.

세상의 어떤 학자도 쉽게 대답할 수 없을 거라는 생각이 들었다.

수업이 끝나고 교수실로 향해 수업 자료들을 정리했다.

그때 노크 소리가 들렸다.

"들어오십시오."

아인슈타인이 크게 외치자 문이 열리면서 밖에서 사람 한 명이 들어왔다.

그는 박은성이었다.

"강의는 어떻소? 잘 되었소?"

"과학기술부대신."

박은성의 방문에 책상 앞에 앉아 있던 아인슈타인이 몸을 일으켜 세웠다.

그리고 은성에게 목례하면서 인사했다.

곧바로 강의에 대한 소감을 말했다.

"조선 학생들의 수준이 매우 높습니다. 특히 조선 최고의 대학교인 성균관이라서 더욱 그런 것 같습니다. 오늘 질문을 받고 매우 놀랐습니다."

"어떤 질문이었소?"

"시공간에 관한 이야기였습니다. 지금 세상이 4차원이라면 5차원은 어떤 세상인지, 4차원에 대해서 간섭할 수 있는지에 대해서 질문했습니다."

"그래서, 학생에게 답을 알려주었소?"

"알려주지 못했습니다. 제가 생각하지 못한 부분에 대해서 질문을 해서 오히려 그런 질문을 한 학생에게 가르침을 받아야 하는 상황입니다. 정말 대단했습니다."

소감을 듣고 박은성이 미소를 지으면서 차를 마셨다.

그리고 품안에서 몇 장의 사진을 꺼내서 보여줬다.

"이것은 뭡니까?"

"원자시계요."

"원자시계⋯⋯."

"수소 원자의 진동을 기록하는 시계요. 1초에 수억번 진동하는 것을 전자계산기에 기록할 수 있으니, 만약 우주로 쏘아올린 우주발사체의 원자시계와 지상의 원자시계 사이에서 차이가 생긴다면⋯⋯."

"상대성이론이 입증되는 것이군요!"

"그렇소. 그리고 우리는 시공간의 존재와 왜곡의 가능성 유무를 확인하게 되오. 입증이 된다면 물리학계의 역사가 새로 쓰이게 될 거요."

이야기를 듣는 것만으로도 기쁜 일이었다.

비록 자신보다 조선에서 먼저 상대성이론을 알았다고는 하지만 자신의 발견이 헛되지 않다고 생각했다.

인류가 한 걸음 앞으로 나아간다고 생각했다.

"참, 아인슈타인 교수에게 한가지 알려줄 것이 있소."

"어떤 것입니까?"

"조만간에 미국에서 학자 한명이 올 텐데, 오게 되면 그와 함께 성균관에서 연구하시오. 연구의 주제는 시공간이오. 아마 크게 도움이 될 거라 생각하오."

은성의 이야기를 듣고 아인슈타인이 물었다:

"누군지 알 수 있겠습니까?"

대답을 들었다.

"윌리엄 제임스 시디스요. 미국 최고의 천재로 알려져 있는 사람이오."

딱 한번 들어본 적이 있는 이름이었다.

시디스라는 이름보다 미국 최고의 천재라는 말이 그의 존재를 떠올리게 했다.

박은성의 이야기를 듣고 아인슈타인이 기대감을 나타냈다.

* * *

시간이 순식간에 지나갔다.

전 세계에 조선에서 우주 발사체가 쏘아지는 사실이 알려졌다.

뉴욕 시민들이 신문을 읽다가 크게 놀랐다.

"뭐야 이건?"

"맙소사. 우주 너머로 발사체를 쏘아 올리겠다니."

"정말로 이게 가능한 이야기야……?"

인류는 언제나 하늘을 나는 것을 꿈꿨다.

그러나 그 너머에 있는 세상으로 나아가는 것은 차원이 다른 이야기였다.

그것은 마치 과거 콜럼버스의 탐험대가 수평선 너머에 있을 미지의 대륙으로 향하는 것과 같은 일이었다.

만약 다른 나라가 그런 발표를 했다면 반신반의가 아니라 거짓말이라고 생각했을 일이었다.

"고려가 대단하긴 대단해."

"정말로 발사체를 쏘아 올려서 하늘 저편에서 이 땅을 볼 수 있을 것 같아."

"저 높은 곳에서 지상을 본다면 어떤 느낌일까?"

물론 믿기 힘든 부분도 있었다.

"참 나. 달에 사람을 보낼 거라니."

"아무리 고려지만 이건 좀 심한 목표야. 우주가 어떤 세상 인지도 모르는데 말이야."

"사람이 달까지 갈 수 있을 정도로 가까운 거리인가?"

확신과 의심, 그 모든 생각들이 사람들의 머릿속에서 일어나고 있었다.

그러나 중요한 것은 사람들은 그 화제성에 대해서 집중할 수밖에 없었다.

세상에서 유일하게 우주로 발사체를 쏘겠다는 나라는 조선

밖에 없었다.

뉴욕 시민들의 분위기를 성한이 석천과 함께 지켜보고 있었다.

"역시, 이 시대에서는 우주 개척이 놀랄 만한 일인가 봅니다."

"신세계로 나가는 일이죠. 두렵기도 하고 기대도 함께 되는 일인데 어떤 나라 사람이건 흥분하지 않을 수 있겠습니까."

"이번에 아인슈타인의 상대성이론도 증명한다는 이야기가 있지 않았습니까?"

"하는 김에 하는 겁니다. 그리고 별다른 이유도 없어요. 상대성이론을 증명하는 것을 미끼로 조선에 인재를 모으는 것이니까요. 증명이 되면 세계 학회의 중심이 조선에 있다는 것으로써 못 박게 됩니다. 그 시작을 우리가 만드는 것이고요."

"저곳에 미국 최고의 천재가 있는 겁니까?"

"미국이 아니라 아마 역사상 최고의 천재일 겁니다. IQ만해도 300이상으로 판명이 났었으니까요. 그런 인물이 마켓 점원으로 일하고 있으니 미국의 손해이기 이전에 인류의 손해입니다. 꼭 조선으로 보내야 합니다."

미국 최고의 천재가 있었다.

그 천재는 너무나도 뛰어난 머리를 갖고 있어서 미국 언론은 물론 사회의 관심이 집중될 수밖에 없었다.

처음에는 그것이 호의적이었지만 나중에는 그의 소식을 세상에 팔려고 하는 악덕업자들 때문에 그의 사생활이 없어지고 정신적으로 피폐해질 수밖에 없었다.

그 과정에서 결국 그는 특별함보다 평범한 것이 낫다는 결론을 내렸다.

그리고 막노동 일을 하고 마켓에서 일하며 사람들 속에서 그 존재감을 지우고 있었다.

성한이 석천과 함께 세계 최고의 천재가 일하는 가게로 들어왔다.

가게 안에서 한 남자가 상자를 옮기고 있었다.

그의 얼굴을 성한이 사진과 비교하고 앞으로 다가섰다.

남자는 성한을 보고 어리둥절했다.

"윌리엄 시디스씨입니까?"

"예… 그…그런데요……?"

"해리 존스입니다. 만나게 되어서 반갑습니다. 혹시 밖에서 이야기할 수 있을까요? 잠깐이면 됩니다."

"……"

한 인물의 운명이 바뀌고 있었다.

그 인물은 비극의 운명을 가진 인물이었다.

새로운 꿈이 피어나기 시작했다.

신세계를 열어젖히다

"언제 발사가 되는 거야? 빨리 하늘로 쏘아지는 것을 봤으면 좋겠는데……."

"어제 쏘아진다고 했는데 연기됐지. 대체 이유가 뭐였어?"

"발사 준비 도중에 바람이 심하게 불어서 중단했던 것으로 알아. 하늘에 발사체를 쏘아 올릴 때 기상 조건도 매우 중요하나봐. 가급적이면 날씨가 좋은 시각에 쏘는 것으로 알고 있어. 기다리는 것도 지쳤는데 빨리 발사되었으면 좋겠어."

세상에 중대발표가 이뤄진지 일주일 후였다.

고흥에 건설된 발사장에서 우주발사체가 기립되었고 연료인 산화제가 주입되었다.

영하 100도 아래의 극저온의 연료였기에 발사체 겉면에 계속해서 주변 공기를 얼리며 얼음을 만들고 있었다.

그리고 그 모습을 기자들이 사진기로 촬영하고 있었다.

목이 빠지도록 기다리고 있었다.

기다림에 모두가 지치려고 할 때 발사장에 설치된 스피커에서 통제사의 목소리가 크게 울려 퍼졌다.

모든 것은 조선에서 개발된 반도체 소자와 집적회로를 통해서 계산이 이뤄지고 있었다.

─발사 전 수 세기 시작. 육십. 오십구. 오십팔. 오십칠. 오십육······.

"오! 이제 발사되는 건가?! 다들 준비해!"

"오오! 이런!"

─팔. 칠. 육. 오. 사. 삼. 이. 일. 발사.

콰아아아!

"오오오!"

발사체 하부에서 불꽃이 터져 나왔다.

엄청난 연기가 뿜어져 나오면서 기립되어 있던 발사체가 힘을 붙여가며 하늘로 오르기 시작했다.

그리고 빠르게 고도를 높이면서 금세 구름보다 높은 하늘로 올랐다.

방송국에서 온 기자가 촬영기로 영상 촬영을 벌이고 있었다.

[보입니까?! 만민 여러분! 조선에서 제작한 우주발사체가

인류 최초로 우주를 향해서 나아가고 있습니다! 조선이 인류
사에 위대한 역사를 남겼습니다! 정말 대단합니다!]

한양에서 만세 소리가 터져 나왔다.
"만세! 만세! 만세!"
"우리가 세계 최초로 우주발사체를 쏘아 올렸어!"
"만세! 만세! 대조선제국 만세!"
"와아아아!"
가정과 회사에서 백성들이 크게 소리쳤다.
그 외침이 대궐 담장을 넘고 이척에게도 전해졌다.
"백성들이 기뻐하는군."
"조선인 중 어느 누구도 기뻐하지 않을 수 없습니다."
"하늘로 오른 위성과는 언제 교신을 이루는가?"
"조만간 신호를 수집할 겁니다. 그리고 신호가 수집되면
발사체 발사는 최종적으로 성공이 됩니다. 원하는 고도와 원
하는 속도로 위성을 쏘아 올린 것이니 말입니다. 그리고 이
번에 폐하께 전에 말씀드렸던 상대성이론을 증명할 것입니
다. 세상이 시공간으로 구성되어 있는 것이 증명될 겁니다."
장성호의 말에 이척이 고개를 끄덕였다.
그리고 영출기에서 흥분하면서 새소식을 전하는 진행자의
모습을 봤다.
속보가 한성 방송국에 전해졌다.

[속보입니다! 지금 우주발사체에 실려서 우주로 쏘아진 인

공위성의 신호가 수집되었다 합니다! 과학기술부에서 최종적으로 성공을 발표했다 합니다!]

탈 없이 우주발사체에 실린 인공위성이 성공적으로 궤도에 안착했다.

그리고 지상의 발사장으로 신호를 보냈다.

위성에 탑재된 전자장비가 수치를 측정하고 지상으로 계속 전파 정보를 송출했다.

통제소 안이 매우 분주했다.

"시각 확인해!"

"지상을 찍은 사진 정보도 들어왔습니다! 취합하겠습니다!"

연구원들의 모습을 아인슈타인이 지켜보고 있었다.

그의 곁으로 통제소를 참관하던 박은성이 다가왔다.

박은성이 아인슈타인에게 말을 걸었다.

"기대되지 않소?"

"기대됩니다."

"조만간 시간 정보도 전해질 것이오. 그리고 우주로 나간 원자시계의 시간이 지상의 원자시계보다 빠르게 흐르겠지. 그것이 발견되면 상대성이론은 입증되는 것이오."

"예. 과학기술부대신."

계속해서 정보가 들어오고 있었다.

그리고 시간 정보가 들어오면서 그것을 담당하는 연구원이 크게 소리쳤다.

"시간 정보가 들어왔습니다!"

"원자시계는? 차이가 있는가?"

"있습니다! 10억 분의 1초입니다! 위성에서 계속 시간이 빨라지고 있습니다!"

"오오오!"

사람들이 탄성을 터트렸다.

"정말로 시공간이 존재했어!"

"지구에서 시간이 느리게 흘러가잖아!"

"세상에 어떻게 이런 일이!"

상대성이론을 증명하려는 학자들이 감탄했다.

그리고 그 모습을 아인슈타인이 지켜보고 있었다. 박은성이 웃으면서 물었다.

"상대성이론이 증명되었소. 어떤 것 같소?"

소감을 물었고 대답을 들었다.

"실감이 안 됩니다."

"직접 증명하지 않아서요?"

"그런 것은 아닙니다. 저도 상대성이론을 발표했지만 실험한 적이 없어서 반신반의한 적도 있습니다. 그런 이론이 이렇게 증명되니 뭔가 얼떨떨합니다."

"하루 지나면 알 것이오. 본래 사람이란 게 좀 지나봐야 느낌이 오니 말이오. 그래도 참으로 대단하오. 우리는 이렇게 많은 학자들이 연구해서 상대성이론을 세우고 증명한 것이지만, 아인슈타인 교수는 홀로 이론을 세운 것이오. 아마 다른 사람이었다면 꿈에도 못 꿨을 일이오."

"감사합니다. 과학기술부대신."

은성이 아인슈타인을 격려했고 아인슈타인은 그의 격려에 고맙다고 말했다.

그리고 계속해서 통제소의 큰 화면을 지켜봤다.

한 연구원이 사람들에게 크게 소리쳤다.

"사진 출력됩니다!"

화면이 전환 되면서 위에서부터 마치 인쇄가 되듯 사진이 나타나기 시작했다.

느리게 선이 그어지고 선들이 모여서 면으로 변했다.

그리고 화면에 출력된 사진을 본 사람들의 입에서 탄성이 터졌다.

"와!"

"맙소사!"

"지금 저게 지구야……?"

"어떻게 저런 사진이……."

"……."

숨 막히는 것을 느꼈다.

통제소에 있던 어떤 사람도 평정심을 지닌 채 그 사진을 볼 수 없었다.

안에 있던 기자들은 너무나 충격을 받아서 사진을 찍어야 한다는 것도 잊었다.

그리고 방송국 직원들은 겨우 제정신을 붙들고 촬영기로 촬영했다.

아인슈타인도 떨리는 시선으로 화면에 출력된 지구의 사진을 봤다.

녹음이 짙은 숲과 갈색으로 된 황량한 대지가 조화를 이루고 있었다.

그리고 바다가 지구를 푸르게 만들고 있었고 하얀 구름이 마치 보석과 같이 꾸미고 있었다.

그로써 지구는 우주에서 유일한 보석처럼 여겨졌다.

눈에서 눈물이 흘러내렸다. 소매로 눈물을 닦았다.

사람들의 조용한 감상이 울려 퍼지고 있었다.

"이게 지구라니……."

"우리가 사는 곳이 저렇게나 아름다운 곳이었어……?"

오직 박은성만이 담담한 모습을 보이고 있었다.

그는 감상에 젖어든 직원들을 보면서 옅은 미소를 보였다.

"상대성이론의 증명은 어쩌면 아무것도 아닌 것 같습니다……."

아인슈타인이 읊조리듯이 말했다.

사람들은 온통 지구의 진정한 모습에 관심을 집중하기 시작했다.

온 세상이 발칵 뒤집어졌다.

우주에서 촬영된 지구의 사진이 전 세계에 뿌려졌다.

뉴스 아나운서가 흥분하면서 사진에 대한 이야기를 했다.

[보셨듯이 고려에서는 이번 우주발사체를 우주에 발사함으로써 여태 본 적이 없는 지구의 풍경을 촬영하는 것에 성공했습니다. 보시면 알겠지만 지구는 둥급니다. 이것은 콜

럼버스의 판단이 다시금 증명되는 것입니다. 그리고 보석처럼 너무나 아름답습니다.]

다음 날 신문을 읽으면서 사람들이 열광했다.
"지구가 이렇게 아름다운 별이었다니!"
"흑백으로 봐서는 전혀 몰라. 뉴월드타임스에서 컬러 사진으로 기사에 실었어. 우리가 사는 세상이 얼마나 아름다운지 보려면 뉴월드타임스를 봐야 돼!"
"맙소사!"
"세상에!"
'오 마이 갓'이라는 말이 곳곳에서 울려 퍼졌다.
그만큼 지구를 우주에서 사진으로 찍은 것은 충격적인 일이었다.
조선에 대한 사람들의 찬사가 이어지고 있었다.
"이 정도면 신대륙을 발견했던 스페인 정도 되는 거 아냐?"
"그것보다 더하지. 고작 아메리카 대륙 하나 발견해서 지구가 둥근 것을 증명한 것하고, 우주 밖에서 증명한 게 같을 수 있겠어? 이건 정말 고려가 아니면 못할 일이야. 고려는 정말로 대단한 나라야!"
사람들이 푸르고 둥근 지구를 보면서 조선에 대한 이야기를 늘어놓았다.
그리고 조선만이 인류의 위대함을 이끌고 있다고 생각했다.

앞으로도 계획하는 일들이 이뤄질 것이라고 생각했다.

"전에 우주로 사람을 보내고 달까지 보낸다고 했잖아. 난 그런 일이 정말로 이뤄지게 될 것이라고 봐."

한 치의 의심마저도 사라졌다.

그리고 가급적 근 미래에 인류가 우주로 나가 개척을 할 것이라고 생각했다.

많은 사람들이 꿈에 부풀기 시작했다.

동시에 물리학계에서 위성 발사에 따른 실험 결과로 경악했다.

만유인력법칙은 구식의 이론이 되었다.

번역된 학술지를 유럽의 학자들이 읽고 충격에 빠졌다.

"원자시계로 지상과 우주 밖의 시간차가 생기는 것을 확인했다니?!"

"맙소사! 중력이 시간을 왜곡시키던 게 사실이었어……!"

"중력이 아니라 공간이 왜곡된 것이었어! 무게에 대비해 비례하는 밀도가 질량이 되고 질량이 공간을 짓눌러 중력처럼 보이게끔 만들다니!"

"이러면 베를린 대학교에서 상대성이론을 발표했던 아인슈타인 박사의 말이 맞은 거였잖아! 뉴턴의 만유인력법칙이 완전히 무너졌어!"

처음에는 아인슈타인의 상대성이론이라고 생각했다.

하지만 금세 그가 발표한 것이 아니라는 것을 알았다.

상대성이론을 최초로 발표한 나라는 조선이었다.

"고려의 과학기술부 대신인 박은성과 학자들이라고?"

"세상에. 아인슈타인보다 5년 빠르게 상대성이론을 세웠다고 해."

"그래서 이번에 그런 실험을 했던 거야."

"어떻게 고려에선 이런 이론까지 발표하고 증명할 수 있는 거야?"

아인슈타인에 대한 의문이 일어났다.

"설마 아인슈타인이 고려에서 먼저 발표가 되었는데 자기가 이론을 세웠다고 발표한 건가?"

"그건 아닌 것 같아."

"어째서?"

"여기 학술지의 내용을 보면 고려에서 상대성이론을 세웠지만 증명을 하지 못해서 일부러 발표하지 않았다고 쓰여 있어. 그 사이 아인슈타인이 상대성이론을 발견하고 발표한 거야. 이 말은 즉, 따로따로 발견하게 된 거지. 비록 최초로 이론을 세운 쪽은 고려지만 고려에서도 아인슈타인이 홀로 이론을 세운 것에 대해서 극찬하고 있어. 이 문제는 아무런 문제가 없다고 봐. 어찌되었건 우리가 완전하다고 믿어왔던 만유인력법칙이 상대성이론에 잡아 먹혔어."

아인슈타인에 대한 의문이 거두어지고 상대성이론의 실체가 완전히 드러났다.

그로 인해 학자들 사이에서 경계심이 일어났다.

"이러다가 고려가 학계도 가져가는 거 아냐? 이 정도면 물리학계를 새로 쓰는 수준이잖아?"

한 유대인 학자의 말에 비유대인 학자가 말했다.

"새로 써도 어쩔 수 없지. 어차피 세계 최고의 기술도, 경제도, 군사력도 죄다 고려가 최곤데, 학계를 송두리째 가져간다고 해서 뭐라고 하겠어? 막으려고 막을 수 있는 게 아니니까. 그저 바람이 있다면 우리가 알고 있는 고려인들처럼 다른 나라 학자라고 차별하지 않길 원하는 거지. 그리고 고려라면 충분히 그렇게 해주리라고 봐."

각계의 학문을 이끄는 특정한 민족이 있었다.

그 민족은 자신들이 세상에서 유일하게 선택받았다고 생각하는 민족이었다.

선민적이었고 지극히 오만한 민족이었다.

물론 예외가 있었지만 대체적으로 그러한 환경과 가르침에서 자라났다.

또한 동족을 무척이나 아끼는 자들이었다.

상대성이론의 발표로 인해서 유대민족이 이끄는 물리학계가 단숨에 조선으로 넘어왔다.

이제부터는 조선에 와야 제대로 된 학문을 연구할 수 있었다.

사정전에서 장성호가 이척에게 말했다.

"상대성이론의 발표 때문에 세계의 학자들이 난리입니다."

"아무래도 그렇겠지. 문외한 짐이 들었을 때도 대단한 것으로 느껴지는데 말이다."

"그래서 조선의 대학교에 더 많은 물리학과와 수학과, 천문학과를 세울 것입니다. 그것을 통해 전 세계의 학자들을 조선으로 불러들일 것입니다. 서양에서 상대성이론을 발표했던 아인슈타인은 그 시작입니다."

이야기를 듣고 이척이 고개를 끄덕였다.

그리고 곁에 두었던 신문의 전면을 내려다보았다.

우주발사체가 하늘로 솟구치는 전면 기사의 사진을 보고 장성호에게 물었다.

"허면, 이제 발사체를 쏘아 올리는 것에 성공하고 실험까지 잘 마무리됐다. 지금부터 무엇을 계획하고 실현시킬 것인가?"

장성호가 대답했다.

"통신 위성을 쏠 것입니다."

"통신 위성을 쏜다고?"

"예, 폐하. 이미 위성사진으로 보셨듯이 지구는 둥글고 곡면 때문에 사각지대가 발생할 수밖에 없습니다. 물론 지구를 감싼 전리층을 이용해서 무전 전파 교신을 이룰 수 있지만 상황에 따라 전리층이 흔들릴 수 있고 그래서 잡음이 많을 수밖에 없습니다. 이런 교신은 전파 출력이 강하지 않는 이상 장거리 교신이 불가능합니다."

"경의 말대로라면 1만 리 이상의 거리도 교신할 수 있다는 이야기군?"

"예. 폐하. 그리고 통신 위성 외에 구름의 이동을 살피는 기상 위성, 위치를 추적하는 항법 위성도 쏘아 올릴 수 있습니다. 이를 위해 상대성이론이 반드시 필요합니다."

지상과 우주에서의 시간이 달랐다.

10억 분의 1초 차이가 때로는 큰 오류가 될 수 있음을 추가로 알려줬다.

그 말을 듣고 이척이 고개를 끄덕였다.

사람보다 기계가 더 정확해야 한다는 사실에 공감했다.

앞으로 우주로 쏘아지는 우주발사체는 반도체를 통한 전자계산기로 많은 것이 통제되어야 했다.

"그러면 그 다음에 유인 우주선을 쏘아 올릴 것인가?"

이야기 끝에 이척이 물었고 장성호가 대답했다.

"동시에 진행할 겁니다. 그리고 유인우주선 후에 달 탐사선을 쏘아 올릴 겁니다."

"몇 년 안에 말인가?"

"10년입니다, 폐하. 10년 안에 달에 태극기를 꽂을 것입니다."

기대 만연한 미소가 피어올랐다. 그리고 상상만으로 크나큰 만족감이 일어났다.

이척이 당부를 전했다.

"결과도 중요하지만 과정은 더더욱 중요하다. 계획을 추진하는 데에 있어서 인사사고가 일어나지 않도록 과학기술부 대신에게 전해 달라."

"예. 폐하. 그리 하겠습니다."

장성호가 머리를 숙이면서 이척의 당부를 받들었다.

곧바로 박은성에게 이척이 부탁한 것이 있음을 전하고 그 또한 그렇게 할 것이라는 대답을 들었다.

그리고 새로운 인재에 대한 이야기를 들었다.

"시디스가 말입니까?"

"예. 총리대신. 내일 조선에 도착한다고 합니다. 제가 직접 마중 나가야 할 것 같습니다."

성한이 조선으로 보내겠다고 말한 천재가 있었다.

그는 아인슈타인보다 뛰어난 머릴 가진 진정한 천재였다.

다음 날 김포공항에 뉴욕을 오가는 천마 한 기가 무사히 착륙했다.

그리고 부유한 사람들이 여객기에서 내렸다.

그들과 함께 일개 마켓 점원으로 일했던 이가 양복차림으로 차분하게 계단차를 타고 내려왔다.

아래에서 기다리고 있는 사람들이 있었다.

"윌리엄 제임스 시디스씨?"

"……?"

"이쪽입니다. 이쪽으로 오십시오."

마중 나와 있는 사람들이 있을 것이라는 이야기를 들었다.

그런 시디스가 자신을 인도하는 한 조선인 관리 앞으로 걸어갔다.

관리들은 전부 검은 양복을 입고 있었다.

그중 한 사람은 백발노인으로 조선의 고관이었다. 그가 와서 손을 내밀었다.

"조선의 과학기술부대신 박은성이오. 만나게 되어서 반갑소."

"윌리엄 제임스 시디스입니다. 뵙게 되어 영광입니다."

"조선말이 유창하시구려."

"어깨 너머로, 여객기 안에서 공부했습니다."

"농담도 잘하시고 말이오. 이야기는 이미 들어서 알 것이라 생각하오. 그리고 내가 직접 모시도록 하겠소. 따라와 주시오."

농담이라는 말에 시디스가 피식 웃었다.

그 웃음이 어떤 의미인지 박은성은 전혀 모르고 있었다.

중요한 사실은 그가 정말로 여객기 안에서 조선말을 공부했다는 점이었다.

차를 타고 가는 동안 시디스가 미국에서 있었던 일을 기억했다.

성한을 만났던 순간을 떠올렸다.

'저는 고려 황실의 대리인입니다. 때문에 연줄도 있고 시디스 씨를 위해서 힘써드릴 수도 있습니다. 고려로 가셔서 못 이룬 꿈을 마저 이루시기 바랍니다.'

성한의 제안에 다시는 학자의 꿈을 꾸지 않을 것이라고 말했다.

그의 말에 성한이 한번 더 설득했다.

'고려는 다릅니다. 절대 그때의 언론사들처럼 숨통을 옥죄지 않을 겁니다. 그러니 고려로 가보시기 바랍니다.'

거듭 설득하는 모습과 조선이 어떤 나라였는지 생각했다.

처음에는 그의 설득을 무시하려고 했다.

그러나 마음 한편에 뭉쳐 있던 응어리가 풀리지 않았다.

아쉬움이 짙었기에 발걸음을 옮길 수밖에 없었다.

그렇게 시디스가 조선에 이르렀다.

30살을 넘긴 시디스가 조선에서 만난 사람은 머리카락이 하얀 물리학자였다.

그가 박은성으로부터 소개를 받아서 인사했다.

"윌리엄 제임스 시디스입니다."

"알베르트 아인슈타인이오. 만나게 되어서 반갑소."

"반갑습니다."

"앞으로 함께 좋은 연구 성과를 이룰 수 있기를 원하오."

"예. 교수님."

시디스는 독일어를 유창하게 할 수 있었다.

동시에 조선말과 프랑스어, 심지어 스페인어까지 사용할 수 있는 천재 중의 천재였다.

그런 자와 함께 일할 수 있다는 사실에 아인슈타인이 크게 만족했다.

박은성이 웃으면서 이야기했다.

"부탁할 게 있으면 언제든지 과학기술부에 오시오."

"그렇게 하겠습니다."

조선의 전폭적인 지원을 받으면서 연구를 시작했다.

성균관에 두 사람을 위한 연구실이 마련되고 아인슈타인이 연구를 주도하는 가운데 시디스가 그를 뒤를 받치기 시작했다.

상대성이론이 입증된 뒤로 아인슈타인의 머릿속을 헤집는 말들이 있었다.

'공간 축 중 하나를 빼면 면이 되고, 다시 하나를 빼면 선이 되는데, 그렇다면 5차원은 어떻게 되는 겁니까? 2차원 공간이 1차원 공간을 간섭하고, 3차원 공간이 2차원 공간을 간섭할 수 있다면 우리가 모르는 4차원 공간이 지금의 공간을 간섭할 수 있지 않을까라는 생각이 듭니다.'

성균관에서 학생이 그에게 던졌던 질문이었다.
아인슈타인이 시디스 앞으로 자료들을 놓았다.
"이 자료는 어떤 자료입니까?"
"차원에 대한 자료일세."
"차원이라고요?"
"그래. 차원. 선, 면, 그리고 공간. 거기에 시간일세. 4차원까지가 우리가 생각할 수 있는 것이라면 지금부터 자네와 나는 5차원을 연구할 것이네. 인간이 상상해보지 못한 세계를 가보는 것이지. 그것을 우리가 이룰 것이네."
새로운 연구가 시작되었다.
그 연구는 어쩌면 인류의 역사를 뒤집고 미래를 뒤집을 수 있는 연구일 수 있었다.
학문의 의지를 잃었던 시디스에게 새로운 의욕이 생겨났다.
그런 두 사람을 연구실 창문을 총해 박은성이 멀리서 지켜보고 있었다.

"갑시다."

"예. 과학기술부대신."

만족한 미소를 띠고 걸음을 옮기기 시작했다.

그리고 연구소 건물에 나와서 성균관을 둘러보며 앞으로 많은 외국인 학자들이 조선에 모이는 것을 기대했다.

＊　＊　＊

며칠 뒤 미국에서 신문이 발행되었고 시디스에 관한 이야기를 미국 시민들이 알게 됐다.

탄식이 이어지고 있었다.

"맙소사. 그 유명했던 시디스가 고려에 가게 되었다니……."

"타고난 천재성으로 언론의 주목을 받았던 시디스가 정신병을 얻고 마켓 점원으로 일해 왔었다니……."

"대체 우리나라는 인재 관리를 어떻게 한 거야……?"

언론에 염증을 느낀 시디스가 특별한 삶이 아닌 평범한 삶을 택했던 것을 알았다.

그리고 결국 조선으로 향해 그의 꿈을 이뤄가는 것을 보고 시민들이 한숨을 쉬었다.

그러한 모습을 성한이 지연과 함께 보고 있었다.

두 사람은 마켓에서 식자재와 물건을 사고 계산하고 있었다.

차에 타면서 지연이 말했다.

"여태 사람을 괴롭혀놓고 지금 와서야 안타까워하는 것은 뭐야?"

"지난 과거를 돌아봐서 잘못이라는 것을 알아도 아쉬운 일은 아쉬운 일이라는 거지."

"그렇게 생각하는 게 나는 잘못되었다고 생각해. 잘못을 했으면 벌을 달게 받아야지. 안 그래?"

"그렇다고는 해줄게."

"뿌린 대로 거두는 법이야. 그러니 기레기라는 소리를 듣는 거지. 요즘은 덜하지만 그래도 계속 고쳐야 할 부분이야."

"그래……."

분통을 터트리면서 지연이 성한에게 불만을 토로했다.

그것도 그럴 것이 예전에 성한의 정체가 탄로 나면서 기자들이 따라붙고 신상을 캐는 일이 있었다.

물론 시간이 지나고 조선이 미국에 위험한 나라가 되지 않으면서 기자들의 흥미가 떨어지긴 했다.

무엇보다 뉴월드타임스에서 사생활을 건드리는 취재만큼은 반드시 금해야 한다고 기사로 기자들과 사회에 호소하면서 어느 정도의 부분들이 나아져 있었다.

그렇다곤 해도 시디스처럼 회복 못할 문제는 꼭 있었다.

집에 와서 장 본 것들을 냉장고 안에 넣었다.

해가 지면서 어둠이 찾아오자 창문 밖으로 비춰지는 맨하튼 빌딩에 불빛이 들어오기 시작했다.

하늘에 떠 있는 별들이 지상으로 내려와 빛을 발했다.

성한이 위층으로 올라가 통신기를 작동시켰다.

조선은 아침이었기에 교신을 시도하려고 할 때마다 묘한 기분이 들었다.

그때 신호음이 울리면서 조금 놀랐다.

'이 시간에……?'

한양과 뉴욕의 시차가 14시간이었다.

반대로 시차를 따지면 하루 차이에 10시간 차이였고 보통 성한이 뉴욕에서 아침에 교신을 하든가, 장성호가 저녁에 교신을 거는 식이었다.

뉴욕에서 저녁에 먼저 신호가 수신되는 경우는 잘 없었다.

이상한 기분을 느끼면서 통신 연결을 하고 교신하기 시작했다.

장성호의 목소리가 울려 퍼졌다.

―과장님.

"먼저 교신 시도를 하셨네요. 무슨 일이라도 생긴 겁니까?"

―예.

"무슨 일인가요?"

―별일은 아니고 상이 나서 연락을 드렸습니다.

"상이라고요? 누가 죽었나요?"

―예.

"누가 말인가요?"

성한의 물음에 장성호가 조금 뜸들이다가 대답했다.

—명성황후입니다. 어제 막 돌아가셨습니다. 현재 조선에서는 국상 중입니다.

"……"

조금 긴 침묵이 이뤄졌다. 성한이 눈을 감고 잠시 옛 기억에 잠겼다.

장성호에게 조선으로 갈 것이라는 것을 알려줬다.

"최대한 빨리 조선으로 가겠습니다."

—예. 과장님. 조심히 오시기 바랍니다.

통신기를 끄고 아래층으로 내려왔다. 그리고 지연에게 말했다.

"아무래도 조선에 좀 다녀와야 할 것 같아. 지금 국상 중이래. 명성황후가 운명했다는 소식이 들어왔어. 며칠 동안 집을 비워야 할 것 같아."

1931년 1월 10일이었다.

한파가 북반구에 몰아닥쳤을 때, 그 누구보다 다른 인생을 살게 된 한 여인이 영면했다.

그녀는 자객들에게 잔인하게 죽지 않고, 살아생전에 조선이 강대국으로 변하는 것을 모두 목격하고 화평한 여생을 살다 간 여인이었다.

잠든 것처럼 고요하게 숨소리를 죽였다.

유명을 달리한 민자영 위로 하얀 천이 덮이려고 했다.

그때 곁에 있던 이희가 궁녀들에게 말했다.

"잠깐……."

"……."

"잠깐만 시간을 달라……."

"예. 폐하……."

시간을 달라는 이야기에 잠시 궁녀들이 물러났다.

방에서 이희가 사람들을 물린 뒤, 민자영의 손을 잡으면서 눈물을 흘렸다.

지난날의 기억이 떠오르고 있었다.

"부인. 어찌 이리, 손이 차갑소. 어떻게 날 이렇게 혼자 남기고 먼저 가는 것이오? 정말 원망스럽소. 부인……."

소용없는 부름이었다. 하지만 그렇게라도 불러서 마음 한쪽에 남아 있는 아쉬움과 후회를 지우려고 했다.

얼굴의 주름을 만지면서 이희가 민자영에게 말했다.

"먼저 가서 기다리시구려… 나는 여기에 좀 더 있다가 갈 테니 말이오… 하지만 오래 걸리지는 않을 것이오… 하늘의 명을 기다리다가 이야기보따리를 안고 부인에게 가겠소… 그때는 정말로 군주가 아니라… 그저 한 사람으로서 부인과 함께 할 수 있기를 원하오… 조금만 기다리시오 부인……."

민자영을 품에 안고 이희가 눈물을 흘렸다.

대조전에서 그의 울음소리가 크게 울려 퍼지자 밖에 있던 궁녀와 관리들도 함께 눈물을 흘렸다.

그렇게 민자영이 입관되어 영면하게 됐다.

그녀의 과오가 조선 역사 곳곳에 새겨져 있었지만 그녀는 조선의 태후였고, 그것만으로 만민의 예우를 받아야 할 자격이 있었다.

전국 곳곳에 그녀를 위한 분향소가 세워졌다.

그리고 한양에서는 특별히 창덕궁을 백성들에게 열어, 한성에 거주하는 시민들이 궁에 들어가서 각자의 믿음으로 민자영을 애도했다.

하얀 옷차림을 한 백성들이 와서 창덕궁의 정전인 인정전 앞에서 절을 했고, 기독교를 믿는 자들은 기도로써 그녀에 대한 죽음을 애도했다.

그리고 승려들이 와서 목탁 소리를 내며 그녀가 극락에 이르게 해달라고 부처에게 소망했다.

그녀의 슬픔을 애도하는 이들 중엔 조선에서 태어나지 않은 외국인들도 있었다.

그중 한 사람은 이희마저도 알고 있는 사람이었다.

언더우드가 지팡이를 짚으며 제자들과 함께 창덕궁에 입궁했다.

그가 인정전 앞에서 목례하고 기도를 하며 민자영의 영혼을 그리스도에게 맡겼다.

이희가 언더우드의 손을 잡아줬다.

"미리견인인데 태후를 위해서 이리 와주다니……."

"조문은 반드시 가야 한다는 예법을 배웠습니다. 폐하."

"고맙다. 참으로 고맙다. 그대가 공관원도 아닌데 이리 와주는 것은 공의 일이 아니라 사의 일이다. 그 진심이 너무나도 고맙다."

조선에서 학교를 세우고 아이들을 가르친 것으로 유명했다.

조선이 어려웠을 때 빈민을 먹여 살린 것을 이희가 알고 있었다.

그런 언더우드가 다른 나라의 특사나 외교관이 방문하는 것보다 먼저 방문해준 사실에 고마워했다.

그리고 자신의 손을 잡아주며 그렇게 말해 준 이희 덕분에 언더우드 또한 고마움을 느끼면서 뒤로 물러났다.

그가 온 뒤로 외국의 공관원들이 찾아왔다.

중화민국과 유구국, 초나라, 몽골, 심지어 일본에서 온 외교관들도 목례하며 애도했다.

그 모습을 이희가 미묘한 시선으로 바라봤다.

이척이 상복을 입고 외국 관원들과 인사를 나누는 사이, 검은 옷을 입은 사람 10명 정도가 창덕궁 안으로 입궁했다.

몇 사람의 얼굴을 이희가 알고 있었다.

"유과장……."

인정전 앞으로 오는 이들은 성한과 지연을 포함한 대원들이었다.

그리고 미국 언론에 노출되지 않은, 천군에 속했던 기술팀원들도 있었다.

정호와 혜림은 미국에 남은 몇 명의 대원들과 집을 지키기로 했다.

김인석과 장성호가 성한을 보고 눈짓으로 인사했다.

성한은 인정전 앞으로 와서 함께 목례하고 헌화했다.

그리고 상주와 다를 바 없는 이척에게 절을 하면서 인사했다.

성한이 일어나자 이척이 안쓰러운 표정을 지었다.

"참으로 많이 연로했다. 그대들이 짐을 구했던 것을 기억한다."

"꽤 오래된 일인데 기억해주셔서 감사합니다. 그리고 연로해 보이지만 이렇게 바로 조선에 올 수 있을 만큼 정정합니다."

"어마마마도 그대들이 온 것을 아실 것이다."

"예. 폐하."

자리에서 일어나 인정전 앞에서 물러났다.

그러자 이희가 성한에게 와서 손을 잡았다.

눈물을 글썽이며 그에게 안부를 물었다.

"어떻게 알고 이리 빨리 왔는가?"

"총리대신과 늘 연락하고 있기에 속히 올 수 있었습니다."

"참으로 고맙다. 그리고 유과장과 대원들이 짐과 조선을 구해줬던 것을 기억한다. 그대들이 있었음에 태후도 여생을 편히 보냈다. 정말 고맙다……."

이희가 지난 일에 대한 감사를 다시 전했다.

성한은 마땅히 해야 할 일이었었다고 말하면서 감사를 받을 일이 아니라고 말했다.

두 사람의 모습을 지연이 대원들과 함께 떨어져서 보고 있었을 때였다.

김인석이 옆으로 다가와서 다시 인사를 했다.

김인석을 보고 지연이 반가움을 느꼈다.

"의장님."

"오랜만입니다. 안 선생님."

"전에 봤을 때보다 훨씬 연로해지신 것 같습니다."

"안 선생님도 이제는 정말 연륜이 느껴집니다."

"35년이라는 세월이 지났으니까요. 제 나이도 이제는 60세를 넘겼습니다."

"믿어지지가 않는군요."

"저도 저를 볼 때마다 믿어지지가 않습니다. 그 옛날의 의장님 모습이 엊그제 같습니다."

환웅함을 타고 막 과거로 왔을 때의 기억을 떠올렸다.

과거로 온 충격에 무엇을 해야 할지 모르는 상태일 때 김인석과 장성호, 성한 등이 빠르게 결정을 내려서 명성황후를 구했던 것을 기억했다.

그리고 그녀가 이제는 운명을 다해 인정전 안 관 속에 입관되어 있었다.

모두가 늙었고 죽음을 향해서 달려가고 있었다.

가장 나이가 많은 김인석의 건강이 신경 쓰였다.

"요즘 건강은 어떻습니까? 괜찮으십니까?"

"예전만 못하다는 것이 사실이지요. 하지만 아직 이렇게 걸을 수 있고, 음식의 맛을 느낄 수 있고, 사고할 수 있으니 건강한 것 같습니다."

"계속 관리하셔야 됩니다."

"물론입니다. 조선에 남아 있는 천군 모두가 그렇게 하고 있습니다. 걱정하지 않으셔도 됩니다."

칠순을 넘기고 몇 년이면 팔순에 이를 나이였다.

그런 김인석이 웃으면서 말하자 지연도 옅은 미소를 띠고 주위를 돌아보면서 말했다.

계속 백성들이 밀려들어오고 있었다.

"계속 조문이 오네요."

"아마, 국장을 치르는 동안 계속 올 겁니다."

"제가 아는 명성황후에 대한 인식은 백성들에게 그리 좋은 편이 못 되는데요."

"아마도 태상황제 폐하께서 황제 폐하께 양위하실 때 내명부의 자산을 출연하셔서 그런 것 같습니다. 태후의 위에 오르신 뒤로는 꽤 소탈하게 사신 것으로 압니다. 그래서 백성들이 용서해준 것 같습니다."

석천이 들은 이야기를 지연에게 전했다.

고개를 끄덕이면서 지연이 명성황후가 용서 받았다는 사실을 알게 됐다.

다른 의미에서 조선의 역사가 바뀌게 됐다.

주로 비판이 많을 수밖에 없는 여인이었지만, 인생의 마무리만큼은 세상의 어떤 황후나 왕후보다도 모범과 검소한 것으로 지어졌다.

그렇게 만민의 슬픔과 아쉬움 속에서 그녀의 관이 창덕궁에서 나갔다.

상여가 길 중앙을 지나자 집에서 나온 백성들이 허릴 굽히면서 예를 나타냈다.

그리고 민자영의 상여 양편을 황실 근위대가 호위했고 그 뒤로 그녀를 따랐던 궁녀들이 걸었다.

이희가 말을 타며 민자영의 곁을 마지막까지 지켰고 이척은 상주 자격으로 아비의 반대편에서 말을 몰며 능지로 향했다.

민자영이 묻히게 되는 능지는 나중에 이희 또한 묻히게 될 능지였다.

한양 동쪽의 구리에 능지가 잡혔고 그곳에서 구덩이가 파이며 민자영의 관이 내려졌다.

허토가 뿌려진 뒤 이내 봉분이 만들어졌고 어미의 무덤 앞에서 이척이 마지막 인사를 전했다.

비석에는 '효자원성정화합천홍공성덕제휘열목명성태황후' 시호가 새겨졌다.

그 앞에서 이희가 한번 더 약속했다.

"다시 만나오. 부인."

하얀 눈이 내리기 시작했다. 그 눈은 철모르던 시기에 이하응의 며느리가 되었던 순수했던 민자영의 영혼처럼 느껴졌다.

눈꽃 중 하나가 하늘로 올라가서 흩어졌다.

그렇게 또 한 세대가 저물고 있었다.

천군의 세대가 지나기 전에 인류 후대의 평안을 이루고자 했다.

다시 전력을 다해서 미래를 위해서 힘쓰고 있었다.

들불처럼 일어나다

 조선에 온 김에 많은 사람들을 만나고자 했다.

 지연이 직접 차를 운전하면서 제중원에 도착했고 그곳에서
보고 싶었던 사람들을 만나려고 했다.

 멀리서 덩치 큰 남자가 보였다.

"동현아!"

"이 목소리는?"

"동현아. 여기야."

"안 선생님? 세상에 어쩐 일입니까?"

 "어쩐 일이긴. 국상이라서 온 거지. 그리고 선생님이 뭐냐.
사석인데 누나라고 불러."

동현이 2살 어렸다. 두 사람은 만으로만 66세와 64세였다.

동현을 따르는 간호학과 학생들이 있었다. 그들에게 동현이 말했다.

"먼저 가 있게."

"예. 교수님."

호칭을 듣고 지연이 웃으면서 말했다.

"교수가 되었구나."

"저도 나이가 있으니까요. 일선에서 물러나서 후진 양성을 하고 있어요."

"예전처럼 몸도 두껍지 않고… 뭐 키는 크지만."

"적당히 운동하면서 건강을 유지하고 있습니다. 그리고 미모가 여전하시네요. 누님 나이면 조선에선 전부 할머니인데 말이죠."

"욕하는 거야, 칭찬하는 거야?"

"칭찬입니다, 누님. 오랜만에 보게 되니 정말 반갑네요. 이렇게 자주 볼 수 있었으면 좋겠어요."

"그래. 동감이야. 저, 혹시 많이 바빠? 괜찮으면 커피나 먹으면서 잠깐 이야기할까?"

"좋죠. 한 시간 정도는 괜찮을 것 같아요."

"카페로 안내해 줘. 오랜만에 썰 좀 풀자."

"예. 누님."

지연을 오랜만에 만남에 동현이 기뻐했다.

두 사람은 제중원 내에 있는 찻집으로 향했고 그곳에서 커피와 과자를 주문하고 앉아서 이야기를 나눴다.

잠시 후 커피가 나오자 동현이 가서 직접 쟁반을 받았다.

이미 제중원의 유명인 중 한 사람인 그가 그런 모습을 보이자 찻집 안의 의사와 간호사들이 힐끔힐끔 쳐다봤다.

그저 지인이거나 손윗사람이라고 생각했다.

사람들의 시선을 의식하지 않고 두 사람이 이야기했다.

"정호와 혜민이는 잘 지내고 있습니까?"

두 자녀에 대한 이야기를 들었고 동현이 지연에게 두 아이의 안부를 물었다.

"잘 지내고 있어. 그리고 조선에는 오지 않았어."

"대학원생이죠?"

"그래. 너는 부인과 요즘 어때? 함께 일하던 간호사와 결혼했잖아."

"잘 지내고 있어요. 지금은 제중원의 수간호사예요."

"출세했네."

"전쟁터에도 갔었고 현장 경험이 많으니까요. 안사람도 일을 그만두면 저처럼 교수가 될 거예요. 그나저나 과장님은 어디에 계신가요? 혹시 함장님이나 부장님과 만나고 있는 건가요?"

"아마도 그렇겠지. 그리고 앞으로 조선을 어떻게 변화시킬지에 대해서 이야기하고 있을 거야. 세상에 대해서도 말이야. 우리보다는 큰일을 하는 사람들이야."

"맞아요. 누님."

성한에 대한 이야기를 하다가 그가 중요한 일을 하는 사람이라는 것을 기억했다.

성한과 김인석, 장성호 등이 조선과 미국, 세상을 움직이고 있었다.

그들의 협력으로 후대에 번영 된 미래를 물려주고자 했다.

정호와 혜민이 물려받을 미래를 아비인 성한이 온 힘을 다해서 만들어가고 있었다.

그것이 부모였고 사람이 살아가는 정체성이었다.

그 가운데 한 사람이 머릿속에서 떠올랐다.

"선생님은 지금 어쩌고 계셔?"

"선생님이요? 누굴 말인가요?"

"교수님 말이야."

"아, 그야. 조선에서 나가신 뒤로 안 들어오고 계시잖아요. 프랑스에 가셨다가 어떤 때에는 영국에 가시고, 지금은 또 어디에 계신지 모르겠어요. 듣기로는 유럽에서 돌아다니시면서 진료를 보신다고 들었어요. 힘든 수술을 하시기도 하고요. 이제는 정말 연로하셔서 그렇게 다니시기가 쉽지 않으실 텐데, 돌아오셔서 여생을 편히 보내시는 게 나을 것 같아요."

"그래. 그런데 정말 내가 아는 선생님 그대로셔."

"그러게 말이에요. 연락이 오면 알려 드릴게요."

"그래."

김신은 세상을 떠돌고 있었다. 그의 나이만도 만으로 77세였다.

평균 수명이 늘고, 신체적 노화가 느린 미래 사람이라 과거 사람에 비해서 비교적 건강하리라고 여겨졌지만 그래도 나이가 많은 것은 많은 것이다.

여생이라 표현하기에 부족함이 없었다.

걱정이 되면서도 어쩌면 그답다는 생각이 들었다.

그저 떠돌이 명의 생활을 하면서 아무 일도 없이 무사히 일을 치르고 조선으로 돌아오기만을 소망했다.

그렇게 서로의 사정과 근황을 알아갔다.

"이제 가봐야 할 것 같습니다."

"그래. 그동안 못했던 이야기를 나눌 수 있어서 좋았어. 끝나면 연락해."

"예. 누님."

지연이 넘겨 준 숙소의 전화번호를 동현이 챙겨 받았다.

그가 떠나자 지연은 찻집의 자리를 계속 차지하고 앉아서 한가롭게 여유를 즐기기 시작했다.

하늘을 보면서 여러 생각에 잠겼다.

그녀와 함께 조선에 온 성한은 김인석과 장성호 등을 만나서 이야기를 나누기 시작했다.

그 또한 지연이 동현에게서 들은 이야기를 듣고 똑같이 대답했다.

그리고 조선이 강한 나라가 된 사실에 보람을 느꼈다.

전쟁을 치르지 않아도 싸워 이길 수 있다는 자신감이 있었다.

"정말로 이제는 조선이 세상에서 제일 강한 나라가 되었다는 것이 실감이 듭니다. 그렇지 않고서야 유럽 열강이 식민지들에게 알아서 자치권을 허락하겠습니까? 군사력과 경제

력, 그리고 외교력까지 최고에 이른 것 같습니다."

장성호의 집에서 식사를 하고 마지막에 다과를 먹으면서 성한이 사람들에게 말했다.

그의 말에 장성호가 고개를 끄덕였다.

"기술이야 처음부터 세계 제일이었고, 이제는 조선의 학문을 배우기 위해 학자들이 몰려들 겁니다."

"유대인들이 차지하고 있는 철옹성을 우리가 무너뜨리는 것이겠지요."

"유대계 대신 조선계가 자리를 차지하는 겁니다. 이제 조선은 우리가 알고 있는 미국과 같은 나라가 될 겁니다. 이미 많은 부분에서 그것을 일궈냈습니다."

넓은 방에 천군이 모여서 이야기를 나눴다.

장성호의 집에서 일하는 하인들이 휴가를 받아서 쉬는 사이, 천군 중 음식점을 차린 사람들이 모여서 직접 요리를 하고 음식을 만들면서 오랜만의 모임을 즐겼다.

그곳에 환웅함의 기관장이었던 조선영, 갑판장이었던 강소이가 있었다.

또한 군부대신인 이응천과 합참의장인 이주현도 있었다.

군에 속해 있는 사람들은 휴가를 받은 일부 사람들만이 자리에 함께 하고 있었다.

때문에 주현의 남편이자 해병대 사령관인 박정엽은 함께하지 못했다.

이야기 끝에 주현이 손을 슬쩍 들면서 사람들에게 말했다.

"조선이 미국 같은 나라가 되면, 비슷한 전철을 밟지 않겠습니까?"

김인석이 물었다.

"비슷한 전철이라면 뭘 말인가?"

"그야, 이상한 사상이 들어오고 하는 것을 말입니다. 미리 그런 것들을 막아야 하지 않겠습니까?"

주현의 말에 장성호가 말했다.

"물론 자네의 말대로 그런 일을 미리 막으려고 했네. '이즘' 이라는 단어가 붙으면서 온갖 이념들이 옮겨올 수 있으니까. 실제로 그것 때문에 미국이 흔들렸고 세상이 흔들린 것을 기억하고 있네. 그리고 그런 것들을 탄생시킨 원인은 배려가 없었기 때문이야. 우리는 공정과 배려로 완전히 무장을 해야 돼."

말한 뒤에 성한을 보면서 물었다.

"그렇지 않습니까, 과장님?"

성한이 웃으면서 대답했다.

"맞습니다. 그래서 공정과 배려를 계속 견지해왔고요. 덕분에 조선과 미국에서의 노사관계는 세상의 어떤 나라보다도 우호적입니다. 그런 모범으로 세계를 변화시켜야 하고요."

"그런 정신이 저는 나라와 나라, 사람과 사람 사이의 관계, 사회적으로 추구되는 가치가 될 수 있다고 생각합니다."

"동의합니다. 부장님."

입에 닳도록 이야기하는 가치였다. 천군이 세상에서 가장 큰 가치로 여기는 것이었다.

그들은 향후 200년 이상이 인류 역사를 알고 있었고 인간이 무엇으로 인해 오류를 저지르는지 알고 있었다.

희생을 모두 치러가면서 뒤늦게 깨우침을 얻는 것을 피하려고 했다.

그렇게 인류를 만국이 모르게 이끌어가고 있었다.

화기애애한 분위기가 계속 이어졌다.

그러던 중 장성호의 집 문 밖에서 관리들이 와서 문을 두드렸다.

근처에 있던 옛 환웅함의 승조원이 와서 물었다.

"뉘시오?"

밖에서 목소리가 들렸다.

—정보국장일세.

"아. 열어드리겠습니다."

우종현이 뒤늦게 장성호의 집에 왔다.

승조원이 문을 열었고 안으로 우종현이 들어오자 안에 있던 사람들이 인사를 했다.

그러다 그가 조선 관리들과 함께 온 사실을 알게 됐다.

옛 승조원들이 서로 눈짓을 주면서 입을 조심하라고 말했다.

종현이 함께 온 정보국 관리들에게 말했다.

"자네들은 여기 기다리고 있게."

"예. 국장님."

지시를 내리고 사랑채로 향했다. 급히 발걸음을 옮겼다.

그리고 한창 회포를 풀고 있는 동지들을 만났다.

김인석이 보였고 장성호가 보였다.

그리고 그들과 자리를 함께 하는 성한과 미국으로 갔던 특임대 대원들을 만났다.

그들을 보고 종현의 입가에도 미소가 피어올랐다.

그러나 이내 미소를 지우고 디딤돌 위에서 신을 벗었다.

종현을 본 대원들이 그를 크게 반겼다.

"세상에, 이게 누구야!"

"분대장님!"

조선에서 얻은 직책보다 환웅함에서의 직책이 더 정감 있게 들렸다. 마치 35년 전으로 돌아간 것 같았다.

대원들의 인사에 종현이 환하게 웃었다. 그를 본 성한도 몹시 기뻐했다.

"오랜만입니다."

"오랜만입니다. 과장님."

"못 오신다고 들었었는데 이렇게 와주시니 정말 고맙고 반갑습니다. 앉으시죠."

성한이 일어나서 종현의 손을 잡고 이끌었다.

종현은 손사래를 치면서 앉을 수 없다는 의사를 나타냈다.

그를 보는 장성호와 김인석 등은 어리둥절했다.

"음? 자네, 오늘 당직 아니었나?"

장성호의 물음에 종현이 대답했다.

"맞습니다."

"그런데 어떻게 온 겐가?"

"공무로 왔습니다."

"공무?"

"소련에서 급히 첩보가 들어와서 보고를 드려야 된다는 생각에 이렇게 왔습니다. 긴밀히 전해드려야 했기에 전화를 쓸 수 없었습니다."

공기가 조금 무거워졌다. 앉지 못하는 이유를 알게 된 성한이 직접 종현에게 물었다.

"첩보라니요. 어떤 첩보입니까?"

그리고 대답을 들었다.

"소련이 유럽에서 혁명을 일으키려고 하는 첩보입니다. 전에 그들이 사용하는 통신 암호본을 수집했는데 유럽에서 무전을 도청하다가 포착하게 되었습니다. 놈들이 무언가를 꾸미고 있습니다. 그리고 최근에 소련에서 새로운 제도가 마련되었습니다."

"어떤 제도를 말입니까?"

"할당제입니다. 어떤 직책이든 남녀동일하게 인원수를 맞추기로 했다 합니다. 이것은 놈들의 공산화 정책으로 벌이는 것이라 특별한 저의가 있는지는 확인되지 않았습니다."

보고를 듣고 이주현이 한숨을 쉬었다.

"혼란하다 혼란해. 실력을 갖추기도 전에 남녀성비부터 맞추면 어쩌자는 거야. 어휴."

답답해하는 이주현을 보고 성한이 슬쩍 미소를 지었다.

그리고 종현에게 또 다른 첩보가 있는지 물었다.

"다른 첩보는 있습니까?"

"없습니다. 하지만 들어오는 대로 총리대신께 보고할 겁니다."

장성호가 종현에게 말했다.

"유럽에서 혁명을 일으키려고 하는 내용의 첩보가 매우 중요하군. 보나마나 공산 혁명일 테고 말이야."

"예. 총리대신."

"불가능한 일에 자꾸 도전하려는군. 하긴, 이 시대 사람들이 그것을 알 리는 만무하겠지만. 일단은 알겠네. 정보국에 가서 기다리게. 모임이 끝나면 바로 가겠네."

"예."

"참, 가기 전에 여기 있는 고기나 한 점 먹고 가게."

종현을 장성호가 챙기려고 했다. 그의 말에 종현이 피식 웃으면서 고개를 가로저었다.

"대문 앞에 직원들이 기다리고 있습니다. 저 혼자 먹을 수 없습니다."

"그래? 그럼 아쉽군."

"다음 기회에 다 같이 먹겠습니다."

"그렇게 하게."

인사를 하고 종현이 나갔다. 그리고 장성호가 화기애애했던 분위기를 다시 이으려고 했다.

"계속 이야기합시다."

그러나 분위기가 이어지지 않았다. 소련에서 혁명을 준비한다는 이야기에 자리에 있던 모든 사람들은 그 혁명이 어떤 혁명인지 신경을 쓸 수밖에 없었다.

공산화 혁명이라 하더라도 어떤 방식으로 펼쳐지게 되는지 알아야 했다.

무거운 분위기 속에서 주현이 성을 냈다.

"아, 정말 빨갱이 놈들 때문에 분위기를 다 망쳤습니다. 그렇지 않습니까?"

이응천이 대답했다.

"그러게 말일세. 여태 잠잠했던 놈들이 설치기 시작하는군."

"차라리 이 자리에서 회의를 치르고 가는 게 나을 것 같습니다."

회의부터 하자는 말에 사람들이 기막힌 반응을 보였다.

어떤 이는 허탈하게 웃었고 어떤 이는 크게 한숨을 쉬었다.

또 어떤 사람은 소련과 공산당을 욕하면서 편하게 살자고 외쳤다.

그리 분위기는 나쁘지 않았다. 다만 조금 진지해졌다.

김인석이 성한에게 물었다.

"과장님."

"예. 함장님."

"트로츠키가 공산 혁명을 꾸민다면 어떻게 할 것이라고 봅니까?"

질문을 받고 짧은 고민 끝에 대답했다.

"아마도 공정함의 유무보다 결과로 평등했느냐, 아니냐로 따지면서 분란을 일으킬 겁니다. 첫째가 노사, 그 다음이 정치겠지요. 크게 충돌을 일으켜서 피를 흘리게 만들고 그 피를 명분으로 혁명을 일으키려고 할 겁니다."

"고전적인 전략대로군요."

"우리들에게는 고전적이지만 이 시대에서는 아닐 겁니다. 잘못하면 파도에 휩쓸려 가는 해초 더미처럼 될 수 있습니다."

"미리 막아야겠군요."

"예. 함장님. 적의 세부적인 계획부터 알아야 합니다."

성한의 이야기를 듣고 김인석이 고개를 끄덕였다.

그리고 실권을 가지고 있는 장성호를 쳐다봤다.

"곧바로 정보국장에게 지시를 전하겠습니다."

혁명을 준비하는 소비에트 공산당원들의 뒤를 쫓으려고 했다.

200년 동안 펼쳐지게 되는 인류의 비극을 막으려고 했다.

그 비극의 대가가 얼마나 비싼 대가인지 알고 있었다.

1931년, 봄이었다.

* * *

"강사님 이름이 뭐라고 했지?"

"에시앙? 루시앙?"

"루시앙이잖아. 여기 시간표에 쓰여 있어."

"자본과 노동에 관해서라… 정말 소문대로 학점을 잘 주는 강사일까? 듣기로는 전에 굉장히 짜게 주는 강사였다고 하던데……."

"짜게 주다가 한번 퇴출 된 적이 있다고 들었어. 그 뒤로 복귀해서 학점을 잘 주는 강사가 되었다고 하고. 아, 강사님이 들어오시네. 이제 수업 시작이야.”

보르도의 한 사립 대학교의 큰 강의실이었다.

학생들이 빼곡히 자리를 차지해 앉아 있었다.

강의실 안으로 들어온 강사가 교단 위에 서서 학생들의 얼굴을 살폈다.

그리고 자신의 이름을 칠판 안에 써 넣었다.

‘로베르 루시앙’이 그의 이름이었다. 그가 자신을 학생들에게 소개했다.

“이번 학기동안 여러분들에게 자본과 노동에 관한 과목을 가르쳐 주게 된 로베르 루시앙이라고 합니다. 만나게 되어서 반갑습니다.”

박수와 함께 학생들이 강사를 반겼다.

강사는 중학생이나 고등학생 정도 되는 자녀를 두고 있을 것 같은 중년 남성이었다.

나름의 신념으로 후진을 양성하고자 하는 강사였다.

그가 제일 먼저 하는 것은 출석을 부르는 것이었다.

“먼저 출석부터 부르겠습니다. 지단.”

“예.”

“뒤랑.”

“예. 선생님.”

“앙리.”

“예.”

계속해서 이름을 불렀고 출석부에 동그라미 표시를 매겨

넣었다.

학생들 대부분은 자신이 신청한 강의에 대해서 출석이라는 책임을 지려고 했다.

그러나 그러한 책임을 지지 못하는 학생들은 여지없이 자신의 출석 칸에 'X'표시를 새겨 넣게 됐다.

출석을 모두 부르고 루시앙이 출석부를 덮었다.

그 나름대로의 원칙을 세워 학생들에게 알리게 됐다.

"여러분들도 알고 있겠지만, 저는 학점을 매우매우 잘 주는 강사입니다. 하지만 출석만큼은 철저히 챙길 테니까, 절대 지각이나 결석을 해선 안 됩니다. 아시겠습니까?"

"예. 선생님."

"그러면 수업을 시작하겠습니다."

수업을 시작하려고 할 때 강의실의 문이 열렸다.

뒤늦게 안으로 들어온 학생이 숨을 헐떡이면서 강사 앞에서 머리를 숙였다.

"뭡니까?"

루시앙이 물었고 호흡을 고르지 못한 학생이 대답했다.

"죄… 죄송합니다. 잠시 병원에 다녀와야 할 일이 생겨서……."

"그게 저하고 무슨 상관입니까?"

"오늘 어머니께서 수술을 받으시는데 제가 보호자라서… 죄송합……."

"변명입니다. 이미 지각이니까 가서 앉으세요."

"예……."

학생의 말에 루시앙이 쌀쌀맞게 말했다.

그리고 그에게 늦은 이유에 대해서 말했던 학생은 한숨을 쉬면서 의자에 앉아 가방에서 주섬주섬 필기구를 꺼냈다.

그런 학생과 루시앙을 보면서 학생들이 이야기했다.

"정말로 출석 보는 게 깐깐한 것 같아."

"다르게 말하면 출석만 챙겨도 만점이라고 하잖아. 그러니까 절대 아프면 안 돼."

다른 강사나 교수들과 달리 지각 하나로 'A'가 'C'로 돌변하는 무서운 강사였다.

그러나 출석만 잘 지키면 누구나가 만점을 받을 수 있었고, 다른 강사나 교수는 출석을 잘 지켜도 만점을 받기가 힘들었다.

때문에 전공이 아닌 교양학과 강사 중에서는 뛰어난 인기를 얻고 있었다.

한 학기 동안 아파서 지각하거나 결석하는 학생에겐 재앙이 될 수 있었지만 다른 학생들에겐 그야말로 천국과 같은 강의가 될 수밖에 없었다.

'자본가'와 '노동자'라는 단어를 칠판에 쓰고 학생들을 향해 돌아섰다.

그리고 미소 띤 얼굴로 학생들에게 말했다.

잔잔한 호수에 돌을 던지기 시작했다.

"자, 제 강의의 주제죠. 바로 자본가와 노동자입니다. 그럼 이 자리에서 여러분들에게 묻겠습니다. 여러분들은 돈이 많은 자본가가 되고 싶습니까? 아니면 그들의 지시를 받고 돈을 받는 노동자가 되고 싶습니까? 손을 들어보십시오. 먼저, 자본가."

루시앙의 물음에 학생들이 손을 들었다.

"어휴, 엄청 많이 들었네. 그러면 노동자."

아무도 손을 들지 않았다.

"모두가 자본가가 되길 원하네요. 어째서 그렇죠? 어디 한 번 이야기를 들어볼까요? 어디 수강을 듣는 학생 분의 이야기를 들어볼까요? 뷔랑 학생."

"예. 선생님."

"돈 많은 자본가가 되길 원한다고 했죠. 어째서 그런 선택을 했나요?"

루시앙의 물음에 뷔랑이라는 성을 지닌 학생이 대답했다.

"그야, 첫째로 돈이 많으니까요. 돈이 있으면 무엇이든지 살 수 있고, 또 많으면 영화롭게 살 수 있잖아요."

"둘째는요?"

"지시할 수 있는 점이요. 아무래도 지시를 받는 쪽은 뭔가 무시 받는 느낌이고 부하 같은 느낌이잖아요. 그래서 자본가가 훨씬 나은 것 같아요."

대답을 듣고 만족한 표정을 지었다. 그리고 다른 학생에게도 루시앙이 물었다.

"지단 학생은 어떤가요?"

이내 대답을 들었다.

"저도 마찬가지예요. 선생님."

"만약, 노동자가 되었는데, 학생을 부리는 자본가가 돈을 많이 벌고, 무시까지 한다면 어떤 느낌일까요?"

"아무래도 화가 나겠죠."

"어째서 화가 나는 건가요? 대체 누가 잘못한 거죠?"

"그야, 자본가, 사장님이죠."

"맞습니다. 자본가 사장님입니다. 그런데 이 사회에서는 그런 자본가의 행동을 막을 수 없습니다. 어째선가요?"

"그 자본가가 노동자를 고용하고 급료를 지급해주기 때문 아닌가요?"

"그렇죠. 그래서 부당한 일이 발생되어도 참아야 하고, 돈 앞에서 굴종해야 되는 것이죠. 왜냐, 돈이 없으면 생활이 불가능하니까 말입니다. 그래서 이 사회에 불법이 일어나는 것이고, 불의가 일어나는 것입니다. 이런 자본주의적인 구조가 계속 유지되는 이상, 그런 일이 사라지지는 않을 겁니다. 제 이야기에 동의하시는 분은 손을 들어보세요."

루시앙의 물음에 대다수 학생들이 손을 들었다. 그 모습을 보고 환하게 웃었다.

"자, 그러면 이 구조가 어떻게 변해야 노동자가 핍박받지 않고 불의한 일이 일어나지 않을 수 있을까요?"

루시앙이 던진 질문에 한 학생이 손을 들었다.

"평등하게 자본이 나뉘면 됩니다."

"자세하게 이야기해주겠어요?"

"평등하게 자본이 나뉘는 것뿐만 아니라 일자리도 나뉘어져야 합니다. 노동자에게 자본과 일자리가 평등하게 주어지면, 더 이상 자본가에게 굴종하지 않아도 됩니다. 그리고 자본가는 그저 관리직이라는 직책으로 변화되어야 합니다. 그렇게 되면 가해자와 피해자의 구분이 사라집니다."

대답을 듣고 루시앙이 고개를 가로저었다.

"틀렸습니다."

"어째서 말인가요?"

"자본을 나누기 때문입니다. 진정한 평등은 자본이 필요하지 않습니다."

루시앙의 말에 학생들이 술렁였다.

그리고 자신들이 가르치는 학생들을 루시앙이 온 힘을 다해서 그들의 생각을 깨트렸다.

사람이 도달해본 적 없는 낙원을 제시했다.

"자본가와 노동자와 구분 없이 모든 사람들이 특성에 맞게 직책을 가지고, 해당 직책에서 평등하게 일을 하고, 다시 평등하게 분배가 이뤄진다면, 굳이 자본이 필요하지 않습니다. 왜냐하면 집과 옷, 음식이 똑같은 모양에 똑같은 수량으로 지급될 것이기 때문입니다. 이것을 위해서 사회 통제를 이루는 사회주의가 필요하며, 온 세상이 평등하기 위해 국경선을 지우고 세상 모든 나라의 통합이 필요합니다. 그렇게 되면 통합 정부가 나서서 세상의 모든 구조를 깨트리고, 사회주의, 만인만물 평등주의로 나아갈 것입니다. 그것만이 진정으로 인간의 격차를 초월할 것입니다."

비릿하게 미소를 지으면서 루시앙이 말했다.

"여러분들은 꿈을 꾸기 바랍니다. 그리고 절대 현실에 안주하지 말길 바랍니다. 인간에겐 불가능이란 절대 없습니다.”

선포를 하듯 학생들에게 강연했다. 루시앙의 강의에 학생들은 저마다의 반응을 보였다.

강의실에서 나오는 학생들이 이야기했다.

“돈을 없앤다고? 돈이 있어야 물건을 살 수 있잖아. 안 그래?”

“나라에서 통제해서 공동분배를 하면 된다잖아. 실제로 그렇게 하면 빈민이 없는 거 아닌가?”

“그렇긴 하지.”

“조금 과하긴 한데, 나는 선생님의 이야기가 공감되기도 해. 그리고 윗사람에게 굽실거릴 필요도 없고 말이야. 지향점을 세우는 것은 괜찮다고 봐.”

루시앙의 강의에 찬반을 나타내는 학생들이 있었다. 루시앙의 생각에 깊이 공감하는 학생도 있었다.

한 학생이 교재를 챙기는 루시앙 앞에 왔다.

“선생님.”

“오, 스넬라. 무슨 일이죠?”

학생의 이름은 ‘루이 스넬라’고, 학교의 최고 수석이었다.

루시앙은 출석을 부르기 전부터 그를 알고 있었고 스넬라가 인류를 위해 크게 쓰일 것이라고 생각했다.

그가 먼저 루시앙에게 다가와서 동감을 나타냈다.

“오늘 교수님의 강의에 깊은 감명을 받았습니다. 지금껏 세상이 가진 문제를 어떻게 해결할 지에 대해서 고민에 빠져 있었는데 교수님의 이야기를 듣고 눈이 번쩍 뜨였습니다. 정말 감사합니다. 그리고 더 많은 가르침을 얻고 싶습니다."

눈빛이 예사롭지가 않았다. 눈동자 속에서 이채가 크게 발하고 있었다.

그것을 보고 루시앙이 기쁜 표정으로 말했다.

"아무래도 스넬라 학생은 인류 역사에 크게 이름을 새길 것 같습니다."

한 제자를 양육하기 시작했다.

그 제자는 수많은 사람들에게 영향을 끼칠 수 있다고 생각했다.

기름진 땅에 넝쿨 씨앗이 뿌려졌다.

넝쿨에서 돋아난 싹이 주변의 작물을 휘어 감기 시작했다.

* * *

프랑스에서 각종의 나사를 생산하는 한 부품회사였다.

그 회사의 사장이 고급 승용차를 구입해 회사에 끌고 왔다.

차에서 내린 기사가 사장을 위해서 뒷좌석의 문을 열어줬다. 그 모습을 직원들이 쳐다보고 있었다.

"와. 아우들이다."

"그것도 최고 모델인 백두산이야."

"사장님이 백두산을 타고 오다니… 우리는 차도 없이 걸어 다니는데…….."

"이럴 거면 나도 여기서 일하는 게 아니라 회사를 차릴걸 그랬어."

늦게 출근한 사장을 보면서 직원들이 부러워했다.

쉬고 있던 직원들을 상사가 호통을 쳤다. 하루에 주어진 할당량이 있었다.

"물량 맞춰야 돼. 어서 빨리 들어가."

"과장님. 아직 10분 안 되었어요."

"내가 볼 땐 10분이야. 그리고 담배 한 대 피웠잖아. 어서 들어가."

"아이 씨……."

충분히 쉬지 못한 직원들이 짜증을 부렸다. 일을 하다가 성질을 내면서 투덜거렸다.

자신이 일하는 회사에 불만이 생겼다.

"아, 정말. 우리도 사람처럼 살고 싶다."

"그렇게 말이야. 이렇게 물량, 물량 해놓고 다 채우고 나면 다른 주문 물량도 맞춰야 되잖아."

"법으로 5시까지 일하라고만 하면 뭐해. 지키지를 않는데. 차라리 돈이라도 많이 주면 그나마 낫지. 쥐꼬리만 한 일급만 주면서 매일 9시까지 부려먹는데 미칠 것 같아."

"우리 회사도 고려 회사의 하청을 받았으면 좋겠어. 고려 회사들은 하청 회사들도 잘 대해준다고 하잖아. 우리처럼 프랑스 회사의 하청을 맡으니까 이 지경이야."

"사장님이 그런 거라도 잘했으면 좋겠어."

"맞아."

하루에 수면 시간이 5시간밖에 되지 않았다. 그래서 직원들의 신경은 더욱 날카로워져 있었다.

일주일 중에 이틀을 쉬어야 하는 것이 법으로 정해져 있었지만 회사 사정에 따라 특근을 가질 수 있다는 것도 법으로 허용되어 있었다.

보통 6일을 일하고 상황에 따라 휴일인 일요일에도 출근하는 경우가 있었다.

그리고 그런 날에는 직원들의 분노가 극에 달할 수밖에 없었다.

직원들을 위해서 모든 것을 챙겨주는 조선 회사가 부러웠고 압박을 심하게 받지 않는 하청 회사들의 직원이 무척 부러웠다.

그런 직원들에게 몇몇 직원들이 속삭였다.

"우리가 이렇게 힘든 것도 알고 보면 고려 때문이야."

"무슨 뜻이야?"

"생각해 봐. 고려 회사가 어째서 편하겠어? 승자이기 때문이잖아. 프랑스 회사들을 상대로 경쟁에서 싸워 이기니까 그만큼 여유를 부릴 수 있는 거지. 반면에 프랑스 회사들은 고달픈 거고. 거기에 대다수 프랑스 회사들이 그러니 우리는 현실적으로 힘들 수밖에 없어. 살려고 발버둥 치는 거야."

한숨을 쉬면서 다시 한번 말했다.

"만약에 고려 회사가 프랑스에서 없어 봐. 그리고 회사들끼리 경쟁하지 않는다면 우리가 이렇게 고생하겠어? 이 모든 것은 승자독식주의 때문에 그런 거야. 가진 사람들의 것이 없는 사람들에게 분배가 되어야 해. 지금 우리 회사에서도 그런 부분이 필요해."

이야기를 들으면서 공장장과 사장이 생각났다.

그들이 누리는 특권에 대해서 생각이 달라지고 있었다. 그때 한쪽에서 소리가 일어났다.

"으아악!"

"이런! 알퐁스! 알퐁스! 맙소사!"

비명이 일어났고 소란이 크게 일어났다.

공장이 일시적으로 멈추고 나사를 다듬던 직원들이 하던 것을 멈추고 급히 소리가 난 쪽으로 달려왔다.

그리고 커다란 롤러에 묻은 피와 살점을 보고서 경악했다.

비명을 질렀던 직원의 형체가 기괴했다.

곁에서 그와 친했던 직원이 바닥에 주저앉아서 눈물을 흘렸다.

달려온 공장장이 직원들에게 물었다.

"무슨 일이야?!"

"공장장님… 아…알퐁스가……."

"……?!"

"알퐁스가 압사 당했습니다……."

직원들의 보고에 공장장의 관자놀이에서 식은땀이 흘러내렸다.

이어 사장이 와서 공장장에게 물었다.

"무슨 일인가?"

"사장님 그게……."

공장장이 한 직원이 죽은 사실을 알렸다.

사장은 롤러 주변의 상태를 보고 당황했다.

직원들이 슬피 우는 가운데 사장은 이맛살을 찌푸리면서 자신이 중요하게 생각하는 것을 지키고자 했다. 그가 공장장에게 말했다.

"저거… 좀 치우고… 피를 닦아서 다시 기계를 가동하게."

"예……?"

"못 들었어? 지금 물량을 맞춰야 한단 말일세. 만약 약속을 못 지키게 되면 위약금을 물려야 하고 고객을 잃게 돼. 수습은 나중에라도 가능하네."

"……."

"어서 공장을 재가동시키게."

사장의 지시에 공장장이 머뭇거렸다. 하지만 사장의 지시를 따를 수밖에 없었다.

"아… 알겠습니다……."

이내 직원들에게 지시를 내렸다.

죽은 직원의 시신을 대충 수습하고, 직원들은 울면서 공장 설비에 묻은 피를 닦아냈다.

그리고 각자의 자리에서 나사를 다듬고 쇳물을 붓기 시작했다.

직원들 사이에서 분노가 크게 일어나기 시작했다.

"돈에 완전히 미쳤어……."

"차라리 아우들 같은 것을 사지 말고 회사에다 양보 좀 하면 우리가 이렇게 힘들게 일하지 않을 거야……."

"수면만 제대로 취했어도 알퐁스가 실수하지 않았겠지……."

"개자식……."

"알퐁스……."

죽은 직원을 기억하면서 직원들이 이를 갈았다.

사장이 누리는 풍요는 노예와 같은 삶을 사는 직원들과 비교될 수밖에 없었다.

승자독식을 논하던 직원이 동료 직원들에게 말했다.

"자본가들은 탐욕적이야. 저들의 욕심 때문에 계급이 발생하지. 그러면 애초에 이 사회에서 자본가들이 사라지면 문제가 없어."

직원들을 유혹하며 비릿하게 미소 지었다. 그리고 조금씩 물들이기 시작했다.

다음 날 프랑스의 한 신문사에서 대문짝만하게 전면 기사가 올라왔다.

수면 부족 상태에서 일하다가 롤러에 빨려 들어가는 사고를 당해 죽은 노동자의 이야기가 기사에 담겼다.

기사를 보고 프랑스 시민들이 크게 분노했다.

"세상에, 미친 거 아냐?"

"사람이 죽었는데도 물건을 팔기 위해서 공장을 계속 가동하다니!"

"돈에 얼마나 미쳤으면 이딴 짓을 저지르는 거야?!"

"사장 놈을 때려 죽여야 해!"

남녀노소를 가리지 않고 크게 분노했다.

그리고 영출기로도 사건의 진상이 세상에 알려지면서 노동자들의 불만과 경영자에 대한 분노가 크게 터졌다.

진실이 알려지면서 자본가들에게 굴종해 있던 노동자가 들고 일어섰다.

직원들이 하던 일을 멈추고 팻말을 들었다.

공장 앞에서 외침이 크게 일어났다.

"살인자 라몽드 사장은 물러나라!"

"우리는 개돼지가 아니다!"

"사람 목숨보다 돈을 중요하게 생각하는 사장과 함께 일하지 않을 것이다!"

"노동자들이여! 일어나라! 이제 더 이상 저 악덕 자본가에게 신성한 노동을 제공하지 마라! 자본가의 시대는 저물었다!"

"와아아아~!"

함성이 터졌고 그 모습을 라몽드 사장이 지켜봤다.

회사 임원들과 함께 공장 높은 곳에 위치한 사장실에서 벌레 떼를 쳐다보듯 시위대를 내려다봤다.

파업을 독려하는 무리들이 눈에 보였다. 부사장이 라몽드에게 말했다.

"레몽 이달고입니다. 프랑스 노동조합회의 위원장입니다. 아무래도 전국 노조에서 움직인 것 같습니다."

"쓰레기들이 있으니 파리가 꼬이는군. 이건 불법 파업이야. 그리고 저 놈들은 우리 회사와 관련이 없는 놈들이지 않는가? 당장 고발해서 저놈들을 감옥에 다 처넣어야겠어. 빨리 경찰서에 신고해."

"예. 사장님."

부사장인 전화수화기를 들고 번호를 돌렸다.

그리고 경찰서에 신고해 직원들이 불법 파업을 벌인 사실을 전하고 책임자들을 체포해 처벌케 하려고 했다.

곧 경찰차들이 와서 시위대 주변에 섰다.

차에서 내린 경찰들은 시위대를 진압하지 않고 곧바로 공장에 들어와 사장실로 올라왔다.

그리고 파업을 주도한 자들이 체포당할 것이라 생각했던 라몽드의 손을 뒤로 꺾었다.

라몽드가 당황하면서 경찰들에게 항의했다.

"어째서 날 체포하는 것이오?! 내가 아니고 회사 밖에서 파업을 주도하는 놈들을 체포해야 할 것이 아니오?! 어째서?!"

곧바로 자신이 체포된 이유를 들었다.

"노동법 위반 혐의에 사상사고 미신고 혐의로 체포하는 것이니 순순히 따르시오. 안 그러면 공무집행 방해 혐의도 함께 걸겠소."

"뭐요?!"

"직원들을 그렇게 노예처럼 부려먹었는데, 파업은 당연한 일이오. 사장부터 법을 제대로 지켰어야 했소."

경찰의 이야기에 기가 막혔다. 언성을 높이면서 가만두지 않을 것이라고 말했지만 이미 그는 범죄자였고 그 증거 또한 충분한 상태였다.

라몽드가 경찰에게 체포되어 공장에서 끌려나오자 시위를 벌이던 직원들이 함성을 지르면서 열광했다.

직원들을 라몽드가 노려봤다. 또한 파업을 유도한 프랑스 노조 위원장인 이달고를 노려봤다.

그것이 그가 할 수 있는 모든 것이었다.

그에 대한 판결을 프랑스 국민들이 관심 있게 지켜보고 있었다.

그리고 라몽드에 대한 강한 처벌을 원했다.

노동자를 노예처럼 부려먹으면서 사상사고까지 일으키고 그 사건을 묻으려 했던 라몽드에게 크게 분노했다.

그 분노는 이내 악덕기업인들에게로 향했다.

프랑스인들에게서 반향이 일어나자 정치인들이 따라 움직이기 시작했다.

35살밖에 되지 않는 젊은 정치인이 촬영기 앞에서 인터뷰를 했다.

그는 프랑스 사회와 경제 체제가 바뀌어야 한다고 역설했다.

그에게는 신념이 있었다.

"우리는 욕심을 버려야 합니다. 욕심은 경쟁을 만들고, 경쟁은 이번과 같은 참사를 만듭니다. 라몽드 사장이 본래 나쁜 사람이었겠습니까. 저는 아니라고 봅니다. 우리 사회의 경쟁 체제로 인해서 망가진 사람이라고 봅니다. 그 또한 살아남기 위해서 발버둥 친 겁니다. 우리는 새로운 혁명이 필요합니다."

'로제 울리에'라는 이름을 지닌 정치인이었다.

그가 하는 이야기에 많은 프랑스 국민들이 동감했다.

변화가 이뤄져야 한다고 생각하면서 프랑스 사회에서 일어나는 부당한 일들이 사라져야 한다고 생각했다.

한달 뒤 라몽드는 1심 재판에서 노동법률 위반과 사상사고에 관한 미신고 혐의에 대한 유죄 판결을 받았고 5년에 달하는 징역형을 받았다.

2심과 3심이 남아 있었지만 법정 구속이 된 만큼 그가 설립한 회사의 경영자는 공석이 될 수밖에 없었다.

그의 이름을 딴 회사의 경영이 어려워지게 됐고 결국 두달을 못 버티고 파산하게 됐다.

회사가 망하면서 직원들이 어려운 상황에 처하게 됐다.

"우릴 노예처럼 부리는 개 같은 사장을 내쫓았더니, 이게 무슨 꼴이야……."

"회사가 힘들어져서 우리만 고생하게 생겼어……."

"그 나쁜 자식이 처벌 받아서는 안 되었어……."

절망하고 또 절망했다.

생산된 나사들이 상자에 가득 담겨 창고에 높이 쌓였다.

직원들은 더 이상 일할 수 없었다. 사장이 징역형을 받으면서 그와 연을 맺고 있던 고객들도 전부 사라졌다.

거래를 유지하는 고객도 있었지만 회사 경영이 유지되는데에 큰 도움이 되지 못했다.

그때 한 직원이 다시 직원들에게 말했다.

"처음부터 잘못되었던 거야. 이 세상이 자본가 중심으로 돌아가는 사회니까 말이야. 그래서 사장이 없어지니까 아무것도 할 수가 없잖아. 애초에 노동자 중심으로 사회 전체가 조직되어 있었다면, 이런 일은 절대 없을 일이야. 답은 공동

소유와 공동 책임에 있어."

동료 직원의 말에 직원들이 고개를 끄덕였다.

그리고 조금씩 생각의 틀을 깨고 자신들에게 부과된 문제 해결을 위해서 사회 변혁이 필요하다는 생각을 하게 됐다.

가만히 있으면 계속 당할 것이라고 생각했다.

그 생각이 프랑스 전 노동자들에게 옮겨가고 있었다.

불온한 움직임들이 계속해서 일어나고 있었다.

프랑스에 '노동당'이 창당되고 파리에 당사가 마련되면서 당을 지지하는 사람들이 모였다.

한 사람은 대학교에서 학생들을 가르치는 당사였고 그를 따르는 학생들이 회합에 참여해 여러 사람들을 만났다.

학생들이 만나는 이들 중에는 언론인도 있었다.

"자네가. 보르도 대학교에 수석 입학했던 스넬라였군."

"예, 동지."

"프랑스의 미래를 만나게 되어서 영광을 느끼네."

"저야말로 미셸 동지를 뵙게 되어서 영광입니다. 미셸 동지의 기사 덕분에 프랑스의 자본가들이 얼마나 썩어 있는지를 알게 되었습니다. 정말로 감사합니다."

스넬라가 기자인 미셸에게 감사의 뜻을 나타냈다.

미셸은 자신이 하는 일이 감사를 받을 일이 아닌 반드시 해야 하는 일이라고 말했다.

만인 평등을 위해 불의에 맞서는 당연한 일이라고 말했다.

그 모습을 프랑스 노동조합회의 위원장인 이달고가 흐뭇한 표정으로 지켜보고 있었다.

그는 회합을 주최한 이에게 연설을 부탁했다.

노동당 당사에서 회합을 연 사람은 당 대표였다. 이달고가 울리에에게 말했다.

"울리에 동지. 한 말씀 부탁드립니다."

청을 받은 울리에가 술잔을 높이 올리면서 말했다.

"우리의 길은 참으로 험난한 길이요. 탐욕을 가진 자들이 끝까지 발목을 잡고 늘어질 것이니 그 손을 도끼로 끊어내고 모두가 평등한 세상을 만들 것이오. 평등한 권력과 평등한 재산, 평등한 인생을 누리며 인류의 완성을 이룩할 것이오. 설령 우리가 그것을 이루지 못하더라도 우리 후대가 누릴 수 있도록 말이오. 이제부터 나와 동지들을 하나가 되었소. 평등한 공산 사회주의를 위해!"

"공산 사회주의를 위해!"

술잔을 높이 들고 결의를 다졌다.

그 모습을 당사 건물 밖에서의 누군가가 지켜보고 있었다.

커다란 망원렌즈 끝에 전자기기와 다를 바 없는 사진기가 있었다.

그 뒤로 검은색 머리카락을 가진 동양인이 사진 촬영을 하 있었다.

그가 찍는 사진은 절대로 한 장짜리 사진이 아니었다.

어떤 때는 3장. 어떤 때에는 3장을 찍고, 또 어떤 때에는 동영상이라는 영상을 촬영하면서 다섯 블록이나 떨어진 노동당 당사를 감시하고 있었다.

그 누구도 자신들을 보는 시선이 있을 것이라 여기지 않았

102

다.

당사 안의 사람들은 화기애애한 분위기 속에서 제2의 프랑스 혁명을 확신했다.

노조 위원장인 이달고가 자신 있게 소리쳤다.

"소비에트의 민중이 승리했듯이 우리 또한 승리할 것입니다. 우리가 곧 정의입니다."

스스로가 깨어 있다는 자부심을 가졌다.

그의 외침을 노동당의 당원이 듣고 지켜보면서 적절한 정보료를 지불한 이에게 자신이 보고 들은 사실을 알려줬다.

* * *

한양에서 프랑스 노동당의 움직임을 포착했다.

정보국 회의실에 장성호와 우종현을 비롯한 정보국 고위 관리들이 모여서 프랑스 노동당에 관한 정보들을 분석했다.

정보원이 되어준 당원의 증언을 듣고 인상을 쓰면서 걸게에 꽂힌 사진을 장성호가 봤다.

그가 근심 어린 목소리로 말했다.

"불란서에 침투한 소련의 간자로군."

"예. 총리대신."

"대학교 강사와 장학생, 유명 기자, 노조 위원장, 그리고 정치인이라니……."

"불란서 각계에 침투해 있습니다. 핵심적인 인물만 이 정도고 얼마나 더 많은 사람들이 물들어 있을지 모릅니다. 무엇보다 당장 표면적으로 드러나지 않고 있지만, 노동당에 대한 불란서 인민들의 지지가 상당합니다. 2년 후에 있을 불란서 총선거 때에 무슨 일이 벌어질지 모릅니다."

종현의 이야기에 장성호가 고개를 끄덕이면서 동의했다.

그리고 다시 증거들을 보고 종현에게 물었다.

"이 증거로 불란서 국민들이 깨어날 수 있겠나?"

종현이 대답했다.

"힘들 겁니다."

"증거력이 부족해서?"

"그것도 그렇지만 소련과 어떻게 연계되어 있는지 밝혀져야 합니다. 동영상으로 저들의 관계와 소련의 관계성이 입증되어야 합니다."

"말인즉, 우리 요원들이 소련에 침투해야 된다는 것인가?"

"이미 소수의 요원이 침투해 있습니다. 다만 소련 지도부를 곁에서 감시하는 요원이 없습니다. 그래서 어떻게 영상으로 촬영할지 고민입니다."

"……."

종현의 대답을 듣고 침묵했다.

머릿속으로 빠르게 수단을 찾기 시작했고 번갯불이 번쩍이는 것을 느꼈다.

사실 처음부터 그 수단을 쓸 수도 있었다.

그러나 그 수단을 쓰기엔 여러 기술이 필요했고 망가진 부품을 복원시켜야 했다.

그럴 수 있는 기술력을 보유한 상태이기를 원했다.

"일단, 잠시 쉬도록 하지."

"예. 총리대신."

휴식이 이뤄지면서 정보국 직원들이 자리에서 일어났다. 그때 장성호가 종현에게 말했다.

"자네는 잠시 남게."

일어서려던 종현이 다시 자리에 앉았다.

그리고 장성호는 회의실에 종현을 제외한 사람들이 모두 나가기를 기다렸다.

잠시 후 회의실이 비워지자 장성호가 식은 차를 마시면서 입안을 적셨다. 그리고 종현에게 말했다.

"침투는 가능하네. 혹시 아는가?"

그의 한마디로 종현이 바로 이해했다.

"알고 있습니다. 하지만 그렇게 하기 위해서는 수리부터 해야 하지 않겠습니까? 여태 수리하지 못해서 사용할 수 없었던 것을……."

"그동안 조선의 기술력이 크게 성장했네. 그러니 수리가 가능한지 한번 알아봐야지. 하지만 만약, 그것이 가능하다면……."

"체크메이트입니까?"

"우리에겐 새로운 힘이 생기는 것이네. 그것도 세상을 움직일 수 있는 절대적인 힘을 말이야. 세상을 바른 길 위에서 이끌 수 있을 것이네."

장성호의 이야기를 듣고 지난날을 회상했다.

처음 과거로 왔을 때부터 유용하게 썼던 기물이 있었고 그

기물은 종현과 대원들을 완벽하게 은폐시켰다.

즉시 그것을 쓸 수 있는지 문의하려고 했다.

"과학기술부대신에게 제가 여쭤보겠습니다."

마저 회의를 진행해서 마치고 종현이 은성을 따로 만나 이야기했다.

프랑스의 상황과 소련과의 관계 입증이 필요하다는 이야기를 들은 은성은 스텔스 망토 수리가 가능한지 문의하는 종현의 물음에 말없이 커피를 마시면서 눈을 감았다.

그리고 눈을 뜨고 차분하게 말했다.

"가능합니다."

"정말입니까?"

"예. 국장님."

"맙소사……."

"안 그래도 메타 물질이 어제 개발되었습니다. 보고서가 막 올라온 상태인데 절묘한 시간에 말씀해주시는군요. 80년 정도 시간을 당긴 것 같습니다."

희소식 중 희소식이었다. 대답을 들은 종현은 은성에게 정말 고생했다는 이야기를 했고 은성은 환웅함의 컴퓨터에 저장된 지식을 활용했다고 말했다.

스텔스 망토를 이용할 수 있는 길이 열렸다.

종현으로부터 이야기를 들은 장성호가 동공을 크게 확장시켰다.

"망토를 쓸 수 있다고?"

"예! 총리대신!"

"이럴 수가. 반신반의했는데, 정말로 쓸 수 있게 되다니……!"

"한달 안으로 수리를 할 수 있다고 합니다. 수리가 이뤄지면 우리 요원들이 소련으로 가서 증거를 모을 것입니다. 우리가 이겼습니다, 총리대신!"

종현이 밝은 얼굴로 승리를 확신하자 장성호가 고개를 끄덕이면서 지시를 내렸다.

"프랑스와 유럽을 공산화시키려는 자들의 본 모습을 밝히게. 이제 세상은 소련의 거대한 음모를 깨닫게 될 거야."

"예. 총리대신."

또한 은성이 환웅함을 언급했던 것을 기억했다.

"말도에 환웅함이 있었지."

"예."

"여태 사람들의 접근을 막고 있었지만 이젠 그것도 쉽지가 않겠어. 무엇보다 공중에서도 말도를 볼 수 있게 되었으니까 말이야. 로켓을 쏘아 올릴 수 있는 기술을 확보했으니 환웅함을 옮길 수 있다면 옮겨야겠어."

"그래야 할 것 같습니다."

장성호의 의견에 종현도 똑같이 동의를 나타냈다.

환웅함에는 천군에 대한 모든 비밀이 담겨 있었다.

그런 환웅함은 조선의 문턱이라 할 수 있는 강화도 앞바다인 말도에 위치해 있었다.

어민들의 접근이 쉽게 이뤄질 수 있기에 일일이 입도가 금지된 곳이라는 것을 알려야 했다.

그곳을 지키는 천군의 나이도 이제 많이 늙어 있었고 수풀로 가려진 환웅함의 위로 항공기가 수없이 날아다니고 있었다.

위치를 옮기기 전에 은성에게 이동이 가능한지 물었다.

그리고 약간의 정비만 하면 우주발사체에 쓰이는 산화제로 충분히 이륙하고 착륙할 수 있다는 대답을 들었다.

보름 뒤 말도에 작은 배 한 척이 입도해 조선에 터를 잡은 기술자들이 하선했다.

그들의 손에는 상당한 크기의 밀폐 용기가 들려 있었다.

섬을 지키는 경비 대원들의 호송을 받으면서 환웅함으로 다가왔다.

수풀에 둘러싸여 흙먼지 투성이가 된 함선을 보면서 추억에 잠겼다.

"오랜만이군……."

"이러고도 움직일 수 있을까?"

"뭐가 많이 묻어서 그렇지 움직이는 데에는 지장이 없을 거야. 산화되는 금속도 아니고, 대기권 진입 때에도 문제가 없으니까. 조금만 손보고 산화제만 채우면 기동할 수 있어."

본격적으로 환웅함을 정비하기 시작했다.

환웅함에 승함해 시스템을 활성화시켜서 제대로 작동되는지를 확인했고 엔진 상태를 점검했다.

이상이 없는 것을 확인한 뒤 조선의 화학회사에서 제조된 산화제를 연료통에 채워 넣었다.

이착륙 때 쓰이는 엔진은 고전적인 로켓 엔진이었기에 고체 연료를 태우면서 하늘로 비상할 수 있었다.

정비와 보급이 끝나고 비밀리에 장성호에게 보고됐다.

환웅함의 항해장이었던 사람이 말도에 입도했고 그는 자신이 통솔했던 승조원들과 함께 함 내에 불이 밝혀진 환웅함에 승함했다.

이제는 해군 참모총장인 허윤이 예전에 자신이 앉았던 항해장석을 손으로 쓸면서 감상에 젖었다.

"35년 만인가……."

모든 것이 변했다. 그러나 눈앞의 자리만큼은 자신이 처음 탔을 때의 모습 그대로였다.

다시 젊었을 때의 시절로 돌아간 시간을 느꼈다.

자리에 앉아서 느낌을 살려서 기억했고 화면서 손을 터치해 함선 운영 절차를 치르기 시작했다.

스텔스라 쓰여 있는 단어를 손끝으로 눌렀다.

그러자 항해장석의 화면이 함선 통제 화면으로 전환되고 스텔스 모드라는 단어가 표시됐다.

밖에서 환웅함을 보고 있던 승조원이 무전 교신을 취했다.

함교에서 무전 통신음이 들렸다.

―은폐 성공입니다! 항해장님!

"좋아. 그러면 이륙한다."

―알겠습니다!

환웅함 주변에서 사람들이 물러났다.

잠시 후 허윤이 엔진 출력을 최대로 높이면서 화염이 노즐에서 크게 분사됐다.

밤하늘에 아지랑이가 피어올랐고 노즐에서 뿜어져 나오는 불꽃은 별빛에 뒤섞여 사라졌다.

성공적으로 환웅함이 이륙했고 그 소식이 이내 장성호에게 전해졌다.

그의 집에서 김인석이 함께 보고를 기다렸다.

"겨우 말도에서 빼낼 수 있게 되었군."

"예. 함장님."

"고체 연료를 쓸 수 있게 되었으니 셔틀선도 쓸 수 있을 테고 말이야. 이번에 환웅함을 옮겨서 숨긴다고 했는데 어디로 옮기는가?"

환웅함의 행방을 김인석이 물었고 대답을 들었다.

"우리 영토인 동시베리아입니다. 우거진 침엽수림에 인적도 드물어서 안성맞춤입니다. 주변 지역을 미국의 옛 51구역처럼 꾸밀 겁니다."

대답을 듣고 김인석이 고개를 끄덕였다.

장성호의 대답을 듣고 김인석은 환웅함의 진실이 음모론 속에서 묻힐 것이라고 생각했다.

오직 조선의 미래만이 밝혀지기를 원했다.

며칠 뒤 허윤이 해군 본부로 복귀했고 조선 조정과 천군은 아무 일 없었다는 듯이 시간을 보내기 시작했다.

그리고 스텔스 망토에 대해서 보고가 이뤄졌다.

장성호가 종현에게 지시를 내렸다.

"이제 우리 요원들을 침투시킬 수 있게 되었네. 영상으로 촬영해서 적의 날조를 완전히 틀어막게."

"예. 총리대신."

선발된 요원들에게 '은폐 우의'라 불리는 스텔스 망토가 지급됐다.

우의를 지급받은 요원들은 그 탁월한 위장력에 경악했고 심히 놀랄 수밖에 없었다.

어째서 그것에 관한 정보가 외부에 유출이 되어선 안 되는지 알았다.

"은폐 우의에 대한 비밀을 반드시 지키게. 실낱같은 정보라도 밖으로 나가게 되면 조선의 미래는 물론이거니와 인류의 미래 또한 위험해질 것이네. 사명감을 가지고 임무에 임하게."

"예. 국장님."

그저 조선에서 개발된 특별한 기물인 줄로 알고 있었다.

서로가 서로에게 감시자가 된다는 것을 알고 있었다.

그리고 그것을 감수하고서라도 조선과 인류의 미래를 위해서 전력을 다하고자 했다.

세상에 잠잠히 스며들었다.

그로부터 한달이 지났을 때였다.

프랑스의 자동차 회사에서 회사 임원과 노조 대표가 회의실 탁자를 두고 마주앉았다.

탁자에 앉은 임원들이 노조 대표를 보고 수군거렸다.

"아니, 저놈들은 우리 회사에서 일하는 놈들도 아니잖아…

어째서 있는 거야……?"

"노조에서 대리를 맡겼다고 하잖아……."

"악질 중에서 악질인 놈들에게 맡기다니… 타결이 목표가 아니라는 이야기야……."

"원수 같은 놈들……."

'샘'이라 불리는 자동차 회사였다.

이달고와 프랑스 노조 위원회의 위원들이 줄지어 앉아 있었다.

그들을 보면서 임원들이 이를 갈았고 협상이 순탄치 않을 것이라 예상했다.

회사의 회계 장부를 탁자 위에 올렸다. 노조 대표에게 사장이 차분하게 말했다.

"회계를 보면 알겠지만 이번에 회사의 수익은 그다지 없소. 경영이 어려우니 내년의 임금은 동결로……."

말이 끝나기도 전에 노조 대표 대리를 맡은 이달고가 말했다.

"5퍼센트요."

"뭐… 뭐라고……?"

"일급을 5퍼센트 높이고 유휴수당 지급에 상여금 1000퍼센트 지급, 15년 근속 노동자의 자녀가 원할 경우 자동 채용을 협상 조건으로 걸겠소. 이를 수용하지 않으면 협상은 없소."

"……."

협상에서 이뤄지는 제안이 아닌 협상 조건이었다.

이달고가 조건을 달자 샘사의 사장은 할 말을 잃었다.

어처구니없어 하는 표정으로 회계 문서를 검지로 짚었다.

"보면 알겠지만 경영이 악화돼서 임원들의 연봉과 상여금도 반으로 줄었소. 그런데 지금 직원들의 일급을 높이는 것도 모자라서 상여금을 1000퍼센트로 높이고 15년 근속 직원의 자녀를 자동 채용하라고? 말이 된다고 보시오?"

이달고를 노려보면서 사장이 말했다. 그리고 그를 이달고가 비웃었다.

"주주들에게 자본 출연을 하라고 하시오."

"뭐라고……?"

"그들의 회사가 아니오? 직원들이 회사에서 개 같이 일했는데, 이제는 보상을 받아야 하지 않겠소? 그렇지 않소? 조건을 받아들이지 않는다면 협상은 없소."

어느 누구도 이달고를 제지하지 않았다.

노조들은 분노 가득한 시선으로 임원들을 노려봤고 사장과 임원들은 기가 찬 표정을 지을 수밖에 없었다.

동업자이기보다 응징의 대상으로 임원들을 보고 있었다.

그런 노조를 상대로 샘사의 사장은 협상을 거둘 수밖에 없었다.

"조건을 수락하지 않겠소. 그 조건을 받아들이면 회사의 미래는 어두울 수밖에 없소."

"자본가의 악한 탐욕을 잘 보았소. 이제부터 일어나는 사태에 대한 책임은 전부 사측에 있는 거요. 반드시 후회하게 될 것이오."

임원들을 흘겨보면서 노조대표단이 자리에서 일어났다.

그들이 회의실에서 나갈 때 샘사의 사장과 임원들이 노려보다가 분통을 터트렸다.

전프랑스 노동조합 본부 건물의 위원장실에 이달고와 노조 간부들이 의기양양하게 모였다.

이달고가 간부들에게 계획을 밝혔다.

"아마도 샘사 사장과 임원들은 우리가 내건 조건을 받아들이지 않을 것이오. 그러면 우리는 샘사 노조들과 함께 파업을 결의하고 시위를 벌일 수 있소."

"그렇게 해서 경찰의 진압과 충돌을 유도하는 겁니까?"

"화염병 하나면 충분하오. 사상자가 나올수록 우리의 혁명은 완성으로 향하게 되오. 정부와 부르주아가 노동자를 탄압하는 걸로 인식을 심을 거요."

아군이 죽을수록 결의는 단단하게 다져질 수밖에 없었다.

불가피한 희생이라 말하면서 경찰을 자극해 큰 충돌을 일으키는 계획을 세웠다.

그리고 그것이 새로운 프랑스 혁명을 일으키는 방아쇠가 될 것이라고 말했다.

노조 간부들이 이달고의 지시를 받아서 움직였다.

노동당 당사에서 올리에와 이달고가 만나 시위에 관해서 이야기했다.

경찰이 진압에 나서면 올리에가 여론을 모으기로 했다.

"사상자가 생기면 노동당 전체가 나서서 노조를 지원할 것이오. 여론이 결집되면 결국 프랑스도 소비에트처럼 혁명을 이룰 수 있소. 우리는 대업을 성취할 것이오."

울리에의 이야기에 이달고가 감사하다는 말을 했다.

루시앙과 스넬라가 그들과 함께 하고 있었고 프랑스 지식인들과 학생들이 그들을 따라서 움직이고 있었다.

프랑스 유력 신문사가 된 '언론인 신문'을 세운 미셸이 그들 모두를 도울 준비를 했다.

준비가 끝나고 울리에가 한 사람을 만났다.

"프랑스를 시작으로 유럽의 혁명이 시작될 겁니다. 유럽 혁명이 이뤄지면 그 다음은 아메리카입니다. 우리가 첨병입니다."

울리에의 말을 듣고 그의 집무실에 있던 남자가 말했다.

"정권을 잡고 혁명을 이루게 되면 소비에트가 울리에 동지를 도울 거요. 마지막까지 최선을 다하기 바라오."

"예. 동지."

러시아말이었다. 그리고 그 말은 소련의 언어이기도 했다.

벽에서 아지랑이가 피어올랐다.

며칠 뒤 파리에서 함성이 크게 일어났다.

그들의 계획이 대세를 얻고 실행되었다.

실조서
新저기

현혹에서 깨어나다

"힘들다 힘들다 하면서 부르주아들은 어째서 사치를 부리
는가?!"

"이제 들고 일어나 우리의 목소리를 내자!"

"노동자는 노예가 아니다!"

"최저일급 7프랑으로!"

"노동자에게 인사권과 경영권을 허락하라!"

"와아아아!"

파리에서 함성이 크게 일어났다.

샘사를 비롯한 프랑스 유수 자동차 회사들이 일제 파업을
벌였고 선박 건조 회사들도 덩달아 파업을 벌이면서 파리 시

가지가 업무를 중단한 노동자들로 채워졌다.

거의 반사에 가깝게 몽둥이를 든 경찰이 출동하자 기다렸다는 듯이 시위대가 움직이기 시작했다.

"대통령궁으로 갑시다! 우리의 요구를 정치가들에게 전하는 겁니다! 저 벽을 깨버립시다!"

이달고의 외침에 대통령궁을 향해서 시위대가 행진했다.

그중 한 사람이 경찰을 향해 화염병을 던졌다.

기름을 뒤집어쓴 경찰이 비명을 질렀다.

"으악!"

이제 겨우 20세에 이른 경찰이었다.

후임의 몸에 불이 붙자 그의 선임들이 외투를 벗어서 불붙은 자리를 세차게 때렸다.

그렇게 해서 불을 껐으나 쓰러진 경찰은 깊은 화상을 입었다.

이어 경찰 지휘관이 엄하게 명령을 내렸다.

"감히 경찰을 공격하다니! 전원 곤봉을 들어라! 화염병을 던진 폭도를 진압한다! 돌격!"

벽을 쌓은 채 위치만 지키던 경찰들이 달려갔다.

시위를 벌이던 노동자들과 크게 충돌을 일으키면서 폭행이 일어나고 주위로 피가 뿌려지기 시작했다.

진압에 나선 경찰에게 맞서서 깎인 철봉이 내질러지며, 상황은 거의 전쟁을 치르는 것과 마찬가지였다.

화염병이 다시 던져지면서 길가 상점으로 불씨가 튀었고 한 건물이 화마에 휩싸였다.

결국 총성으로 시위대를 진압할 수밖에 없었다.

총탄에 맞은 노동자가 쓰러졌고 그의 절친한 동료가 울부짖었다.

"다비드! 어떻게 이런 일이…! 눈을 떠 다비드……!"

시위에 앞장섰던 노동자가 숨졌고 파리 거리는 온통 아수라장이 됐다.

곳곳에서 연기가 피어오르고 살수차가 물을 뿌렸다.

소총을 든 경찰들이 흉기로 싸움을 거는 시위대를 향해 발포했고 무수한 노동자들이 희생당했다.

그로 인해 뒤로 물러나 있던 이달고가 기뻐했다.

'이겼어! 이걸로 혁명의 불씨가 타오르게 됐다! 노동자들의 분노가 부르주아들을 휩쓸 것이다!'

시위는 해가 진 늦은 밤까지 이어졌다.

그리고 새벽이 되어서야 정적에 가까운 고요함 속으로 빠져들었다.

아침에 대통령궁으로 장관들이 모였다.

신임 대통령인 '조제프 아타나즈 폴 두메르'가 분통을 터트리면서 언성을 높였다.

그가 전날에 강경 진압을 지시했었다.

"일급 7프랑?! 그 정도면 고려 회사에서 일하는 노동자들의 일급과 맞먹지 않소?!"

"더해서 하루 7시간 일주일 35시간 노동을 요구하고 있습니다."

"맙소사! 다 함께 침몰하려고 작정을 했군! 거기에다 인사권과 경영권을 요구했단 말이오?!"

"예. 각하. 아무래도 마음대로 해고를 할 수 없도록 만들려는 것 같습니다. 시위대가 요구했던 것을 들어주게 되면 국내 대다수 회사가 망하게 됩니다."

"들어주기 이전에 폭도들이오. 폭도는 반역자와 다를 바 없소! 절대 놈들을 국민으로 여기지 않을 것이오!"

강경한 모습을 보이면서 시위대에 대한 처분을 예고했다.

책임자를 반드시 체포하고 주동한 죄를 물으려고 했다.

그러한 지시를 경찰청장에게 내리려고 했다.

그때 한 신문이 비서실을 통해서 두메르에게 전해졌다.

신문을 받은 두메르가 안에 쓰여 있는 기사를 읽어 내렸다.

[노동자들의 인생과 미래를 바꿀 위대한 혁명!

여태 프랑스 노동자들은 어떻게 살아왔나? 물론 고려 회사에 취직한 노동자들은 보통의 일급보다 많은 일급을 받고 일하지만 대다수 프랑스 노동자들은 삶을 근근이 유지할 수 있는 일급만 받으며 노예 같은 삶을 산다. 이것은 승자가 독식하는 사회 구조가 문제이기 때문이다.

자본가는 자신의 인생을 결정하고 노동자들의 임금을 정할 수 있는 권리를 가지고 있지만 노동자들 중엔 어느 누구도 스스로의 삶을 결정하고 적절한 임금을 정할 수 있는 권리가 없다. 이 때문에 이번 시위대는 인사권과 경영권을 요구했고 인간다운 삶을 살 수 있도록 일급 7프랑을 요구했다.

자본가들은 풍요로움을 독식하지 말고 노동자들과 함께 나뉘야 할 것이다. 모든 사람들이 풍요를 평등하게 분배받을 수 있도록 사회 변혁이 이뤄져야 한다.

그저 인간답게 살고자 하는 노동자들의 요구를 발포로 대답한 두메르 정권은 지금 바로 명령을 내린 책임자를 해임하고 처벌해야 할 것이다.

프랑스 정부는 프랑스 인민을 위해야 한다.]

더해서 고려 회사 노동자가 아무리 높은 임금을 받아도 결국 고려 자본가보다 못한 돈을 받는 것이라고 사실을 적시했다.

기사를 보고 두메르가 미간을 좁혔다

"이 사설과 기사를 쓴 기자가 대체 누구요?"

두메르의 물음에 비서실장이 대답했다.

"언론인 신문의 사장인 지브릴 미셸입니다. 각하."

"지브릴 미셸……."

"정치인과 자본가에 대해 반감을 가진 기자들이 모여서 만든 신문사의 사장입니다."

이야기를 듣고 미셸이라는 이름을 곱씹었다.

그리고 그와 노조의 접점이 있을 것이라고 짐작했다.

"우리 언론사에게도 대응하라 전하시오. 놈들에게 여론을 허락해서는 절대 안 되오."

"예. 각하."

민정수석에게 지시를 전하고 미셸과 무리들에게 맞서려고 했다.

그때 또 다른 보고가 전해졌다. 쪽지를 받은 비서실장이 두 메르에게 보고했다.

"노동당의 대표인 울리가 국회에서 연설했다고 합니다."

"무슨 연설을?"

"이번 시위의 책임이 정부에 있다고……."

"……"

"정부와 주류 언론과 기업가들이 결탁해 국민들을 우롱하고 있다고 발표를 했습니다."

보고를 듣고 주먹을 불끈 쥐면서 노기를 드러냈다.

"망할 자식! 프랑스의 미래를 희생양 삼아서 권력을 잡으려는 것이오! 교활한 놈 같으니!"

울리에의 의도를 읽고 크게 분노했다.

국민의 대다수를 이루는 노동자들만의 입장을 대변해서 프랑스 대통령의 자리를 노린다고 생각했다.

생각의 방향이 달라도 프랑스의 미래를 생각하는 이에게 패하는 것은 인정할 수 있었다.

그러나 프랑스의 미래를 잃는 것을 감수하면서 권력을 취하고자 하는 이에겐 절대 패할 수 없었다.

두메르는 그렇게 생각하고 있었다.

울리에가 노동당 국회의원들과 함께 시위대를 찾아갔다.

전날 큰 희생을 치렀던 시위대가 그의 이름을 크게 연호했다.

작은 상자 위에 오른 울리에가 파업과 시위를 벌이는 노동자들을 향해서 크게 외쳤다.

"희생 없는 혁명은 없소! 공화국을 세웠던 선조들의 혁명도 그랬고, 지금도 마찬가지요! 어쩌면 이 중에서 다시 피를 흘리면서 쓰러질 수 있소! 그러나 우리가 진정한 평등을 이루기 위해선 반드시 거쳐야 하는 과정이며 그 희생은 그야말로 거룩한 희생이오! 언세까지 노예 같은 삶을 살 것이오?! 언제까지 자본가들이 여러분의 이익과 권리를 가져가는 것을 볼 것이오?! 이제는 혁명을 이뤄내 그 모든 것들을 부수고 평등한 세상을 바로 세울 것이오!"

"와아아아아~!"

함성이 크게 일어났고 의기소침해 있던 시위대가 다시 일어났다.

이달고와 울리에가 악수했다. 그리고 루시앙과 미셸도 그와 함께 악수했다.

더 많은 노동자들이 그들이 내는 길을 따라 걸으려고 했다.

출근한 금성 차의 직원이 쉬는 시간에 동료 직원들과 이야기했다.

그들의 마음이 흔들리고 있었다.

"전부 파업해서 시위에 참여한다는데, 우리도 참여해야 하는 거 아닙니까?"

한 젊은 직원의 이야기에 오랫동안 일해 왔던 중년의 직원이 말했다.

"괜한 일 벌이지 말고 열심히 일해."

"하지만 우리가 아무 것도 하지 않으면……."

"하지 않아도 돼. 고려 회사에서는 알아서 우리들에게 적절한 임금을 주니까. 거기에 병원비와 보육비도 주고, 유휴수당에 휴가비까지 주면서 성과금도 확실하게 주지 않는가? 뭐가 아쉬워서 시위를 벌이겠다는 것인가?"

중년 직원의 말에 젊은 직원이 그치지 않고 말했다.

"그래도 사장과 임원이 훨씬 많은 돈을 가져가지 않습니까? 차는 우리가 만드는데 그 사람들은 아무 것도……."

"아무 것도 안 하는 게 아니라 그 위치에서 할 일을 하는 거야. 게다가 잘못 판단을 내리면 회사가 쑥대밭 되는 자리고. 사장님과 임원들이 일을 제대로 하니까 우리가 이렇게 여유를 가질 수 있는 거야. 그리고 이 회사는 애초에 우리 것이 아니야."

중년 직원의 말에 젊은 직원이 할 말을 잃었다.

그러다가 자신의 논리를 세울 수 있는 마지막 말을 했다.

"근속 15년을 이루면 자녀들을 입사시킬 수 있는 권리는 얻어야 하지 않겠습니까? 시위대와 함께 한다면 그 정도라도 얻을 수 있을 거예요."

어린 직원의 말에 중년의 직원이 한숨을 쉬었다.

그리고 회사 일을 팽개쳐서 시위에 참여하면 결국 해고를 당하게 될 것이라고 말했다.

그 말에 젊은 직원이 열심히 일했다.

어떤 회사를 찾아봐도 조선 회사만 한 곳이 없었다. 그 자리를 지키고 싶었다.

그렇게 프랑스에서 혼란이 가중되고 있었다.

* * *

시위대에 대한 첩보가 한양에 보고되었다.

어두운 회의실에서 큰 영출기가 빛을 발하고 있었다.

상성호와 유성혁 종헌 등이 프랑스에서 입수한 첩보 영상을 보고 있었다.

[정권을 잡고 혁명을 이루게 되면 소비에트가 울리에 동지를 도울 거요. 마지막까지 최선을 다하기 바라오.]

프랑스에 잠입한 소련인의 목소리가 울려 퍼졌다.

울리에가 그와 만나서 이야기하는 모습이 영상 안에 담겨 있었다.

장성호가 종헌에게 소련인의 신분을 물었다.

"울리에에게 지시를 내린 자의 신원은 파악되었나?"

우종헌이 대답했다.

"니콜라이 이바노비치 부하린입니다."

"저자와 소련 지도부가 만난 영상도 함께 있어야 하네."

"안 그래도 그 영상에 관해서도 확보했습니다. 트로츠키를 만나서 프랑스에 관해 이야기를 하는 영상이 있습니다."

"그렇다면 물증은 확실하겠군."

"절대 부정할 수 없습니다."

"불란서 대통령을 만나서 증거를 넘기도록 하세. 이제 우리가 반격할 차례네."

"예. 총리대신."

화면이 꺼지고 회의실에서 불이 밝혀졌다.

앉아 있던 장성호가 몸을 일으켜 세웠다.

조선에서 소련의 전략에 반격할 준비를 끝낸 사이, 파리에서는 여전히 시위로 몸살을 앓고 있었다.

화염병이 계속해서 던져졌고 시내 곳곳에서 연기가 피어오르면서 전쟁터로 돌변해 있었다.

두메르가 장관들을 모아놓고 심각하게 말했다.

"어째서 시위가 진압되지 않는 거요?"

"진압을 벌였지만 갈수록 더 많은 인원이 시위대에 합류하고 있습니다. 현재 시위대의 인원만 무려 30만명입니다."

"30만명……."

"프랑스의 모든 노동자가 몰려온 것 같습니다……."

거의 모든 기업이 파업을 한 상태였다.

심지어 상점의 점원들도 거리로 뛰쳐나가 시위에 참여하고 있는 상황이었다.

때문에 두메르가 고민할 수밖에 없었다.

"이 일의 해결책은 계엄령밖에 없을 것 같은데 어떻게 생각하오?"

두메르의 의견을 듣고 내무장관이 반대했다.

"반대합니다."

"어째서요?"

"계엄령을 내리게 되시면 그야말로 국민을 상대로 전쟁을

128

선포하는 것입니다. 노동자들로 구성된 시위대가 졸지에 프랑스 전 국민으로 바뀌게 될 겁니다."

이어 경찰청장이 내무장관의 의견에 반대했다.

"하지만 지금 상황에서 시위대를 진압할 수 있는 방법은 군 병력 투입밖에 없습니다. 그렇지 않고서는 주동자들을 체포하지 못하고 처벌할 수 없게 됩니다. 갈수록 악화된다면 우리의 대처 또한 달리해야 됩니다."

경찰청장의 이야기를 듣고 두메르가 고개를 끄덕였다.

그리고 한번 더 고심한 뒤 결단을 내리려고 했다.

그때 외무장관이 한 보고를 받았다. 놀란 표정으로 두메르에게 말했다.

"각하."

"무슨 일이오?"

"고려 총리가 파리에 온다고 합니다."

"뭐…뭐라고……?"

보고를 받고 어안이 벙벙해졌다. 장관들이 의아한 표정으로 수군거렸다.

"고려 총리가 갑자기 왜 파리에……."

두메르가 외무장관에게 물었다.

"어째서 파리에 온다는 것이오?"

"저도 잘 모르겠습니다. 하지만 짐작하는 것은 있습니다."

"어떤 짐작?"

"지금 우리가 겪고 있는 일에 대해서 논하려는 것 같습니다. 그것 외에는 달리 생각할 것이 없습니다. 고려 정부의 행동은 독단적이면서도 국제적인 관례를 깨는 것입니다."

예고되지 않은 만남이었고 통보에 가까운 만남이었다.

그러나 그것이 두메르에게 절대 해가 되는 일이 아닐 것이라고 생각했다.

만약 시위가 아닌 정부가 잘못한 일이라면 조선 정부가 시위대를 지지한다는 입장 표명만 하면 그만이었다.

직접 만나러 오겠다는 이유가 몹시 궁금했다.

"언제 오는 것이오……?"

두메르가 물었고 외무장관이 대답했다.

"오늘 밤에 도착한다고 합니다. 육군항공대 비행장으로 전용기를 타고 온다고 합니다. 곧바로 회의를 시작할 수 있길 원한다고 했습니다."

보고에 두메르가 고개를 끄덕였다. 곧바로 국방부장관에게 지시를 내렸다.

"고려 총리를 예우할 수 있도록 하시오. 아니, 내가 직접 만나겠소. 마중을 나가서 곧바로 논의할 것이오."

"예. 각하."

조선이 해결책을 가지고 있을 것 같다는 생각이 들었다.

프랑스는 불가능해도 조선이라면 모든 것이 가능하리라는 생각이 들었다.

그날 밤 10시에 큰 천마 여객기가 파리 근교 육군비행장에 착륙했다.

프랑스 언론에서는 그것을 기이하게 여겼으나 프랑스 정부의 보도 통제를 받았다.

주변에서 절대 취재를 할 수 없도록 군의 통제를 받고 멀리서 사진기로만 촬영해야 했다.

어두웠기에 누가 내렸는지 쉽게 알 수 없었다.

또한 누가 마중을 나갔는지도 알 수 없었다.

계단차가 기체 측면으로 붙고 문이 열렸다.

전용기에서 조선 총리가 내리기를 두메르가 기다렸다.

그러나 아무리 기다려도 총리가 나오지 않았다.

그 대신 총리 비서실장이 역관과 함께 아래로 내려왔다.

그가 목례로 인사하자 두메르가 물었다.

"고려 총리는 어디에 있소? 분명히 오늘 파리에 온다고……."

"총리대신께선 아직 안에 계십니다. 그리고 대통령 각하를 모셔오라 했습니다. 안에서 논의하실 것이라고 말씀하셨습니다."

대답을 듣고 열린 전용기의 문을 두메르가 올려다봤다.

그가 함께 온 보좌진과 장관들을 이끌며 계단 차에 올라서서 전용기에 탑승했다.

안으로 들어서자 환한 불빛이 기체 내부를 밝히고 있었다.

창문에는 커튼이 쳐져서 빛이 새어나가는 것을 막고 있었다.

장성호가 앞으로 와서 두메르에게 손을 내밀었다.

"갑자기 찾아와서 미안하오. 정말 큰 폐를 끼친 것은 아닌지 걱정이오."

"절대 아니오."

"긴히 논의할 것이 있어서 이렇게 찾아왔소. 이를 이해해 주기 바라며, 논의 동안에 누군가 엿듣는 것을 막기 위해서 이 안에서 이야기 하려고 하오. 괜찮겠소?"

"괜찮소."

"그러면 안으로 모시겠소."

두메르를 장성호가 이끌었고 그 뒤로 조선과 프랑스의 보좌진들이 따라 움직였다.

두 사람은 전용기 중심에 위치한 회의실로 향했고 그곳에 앉아서 곧바로 논의를 시작했다.

의제가 정해지지 않았지만 무엇을 이야기할지 미리 짐작하고 있었다.

두메르의 수행원들은 연신 두리번거리면서 전용기 내부의 회의실을 살폈다.

승무원이 준비한 차가 각자의 자리 앞에 높였고 사람들이 차로 목을 축였다.

장성호가 프랑스의 상황을 언급하면서 두메르에게 말했다.

그가 느끼는 시위대에 대한 감정을 알고자 했다.

"현재 파리에서 시위가 크게 일어난 것으로 아는데 맞소?"

"맞소."

"꽤나 많은 노동자들이 파업을 일으키고 시위에 참여한 것으로 아는데, 어떻소? 그들이 전부 악한 자로 보이오? 아니면 그저 선동가들에게 유혹당한 것으로 보이오? 프랑스 대통령이 솔직하게 이야기 해보시오. 나는 대통령의 생각이 알

132

고 싶소."

장성호의 물음에 두메르가 대답했다.

"악하지는 않고, 후자라 생각하오. 때문에 여태 계엄령을 참아왔고 막 내리려 했던 참이오."

"무엇을 위해서 말이오?"

"질서를 지키기 위해서요. 그리고 법을 지키기 위해서요. 나라는 곧 법이고, 나라 안에서 산다는 것은 정치인과 자본가 노동자를 가리지 않고 그 법을 지킨다는 것이오. 어기면 당연히 처벌을 받아야 하고 말이오. 지금의 시위대는 폭도이기에 당연히 합당하게 처벌을 받아야 하오."

두메르의 대답을 듣고 장성호가 고개를 끄덕였다.

그리고 다시 물었다.

"그러면 불란서 대통령은 계엄령으로 지금의 문제가 해결된다고 보시오?"

"그… 그것은……."

"자고로 법과 처벌이라 함은 사람에게 경외하게 만들어서 질서를 지키도록 만들기 위함이오. 그러나 작정하고 위법하기로 결의했다면 그때부턴 사형을 시켜도 이 문제는 해결이 되지 않소. 오히려 더 큰 충돌만 야기하게 될 거요."

"그렇다면 어떻게 해야 되겠소?"

"우리 편으로 만들어야지."

"뭐요……?"

"주동자와 선동하는 자를 제외하고, 나머지 불란서 국민들을 아군으로 만드는 것이오. 어떻소, 내 생각이?"

장성호의 이야기에 두메르가 황당한 표정을 지었다.

"그 말이 틀린 것은 아니오. 하지만 어떻게 해야 그것을 이룰 수 있는지를 알려줘야 하지 않겠소? 알았다면 내가 그것을 하지 않고 가만히 있었겠소?"

짜증을 내듯이 두메르가 말하자 장성호가 슬쩍 입 꼬리를 당겼다.

"지금 그 방법을 알려주려고 하는데 보겠소?"

"지금 말이오?"

"그렇소. 우리는 아주 좋은 방법을 알고 있소."

좋은 방법이 무엇인지 두메르와 장관들은 알 수 없었다.

그저 알고 싶다고 대답했고 장성호가 하는 말을 귀담아 들으려고 했다.

그러나 장성호는 들려주는 것이 아닌 보여주겠다는 말을 했다.

그가 비서실장에게 지시했고 기체 내부의 영출기를 통해서 영상을 재생시켰다.

두메르와 프랑스 장관들이 화면을 주시하는 가운데 영상에서 익숙한 이의 모습이 나타나 놀라게 만들었다.

이달고가 영상 안에서 말하고 있었다.

[화염병 하나면 충분하오. 사상자가 나올수록 우리의 혁명은 완성으로 향하게 되오. 정부와 부르주아가 노동자를 탄압하는 걸로 인식을 심을 거요.]

"……?!"

크게 충격이 일어났다. 두메르가 떨리는 목소리로 장성호에게 물었다.

"이… 이걸… 어떻게 구한 것이오?"

장성호가 피식 웃으면서 대답했다.

"정보원을 통해서 구했소. 그래서 비밀이오."

"맙소사……."

"이 영상 외에 확보한 증거들이 있소. 그리고 우리는 이것을 불란서에게 넘겨줄 수 있소. 단, 몇 개의 조건을 수락한다면 말이오."

장성호가 인계의 조건을 말했고 간절한 마음으로 두메르가 물었다.

"그 조… 조건이라는 게 무엇이오……?"

웃음기를 지우고 진중하게 말했다.

"적당히 하라는 것이오."

"저… 적당히……?"

"불란서 정계와 재계를 포함해서, 소위 공산주의자들이 말하는 부르주아 계층에 있는 자들 전체에게 말하는 것이오. 경쟁하는 것도 좋고 노력한 만큼 가져가는 것도 좋지만, 불란서 기업과 우리 기업을 놓고 비교하면 결정적인 차이가 있소. 그것이 무엇인 줄 아시오?"

"무엇이오……?"

"배려의 차이요. 조선에서 노동자는 죽을 것 같은데 고위직책과 경영자가 고급차를 끌면서 호사를 누린다? 절대 있

을 수 없는 일이오. 감히 있다는 것을 가정하고 상상하는 것
조차 할 수 없소. 그런데 불란서에서는 사장이 노동자를 도
구로 여기는 듯하더군. 언론을 통해서도 이미 공개가 되었고
말이오. 안 그렇소?"

"그런 경영자는 이미 체포해서 처벌을……."

"한 놈만 조지면 뭐 해. 다른 놈들은 자신들의 잘못을 고칠
생각을 안 하고 눈치 보기만 하고 있는데. 덕분에 지금의 사
태가 일어난 것이오. 배려 없는 경쟁은 혁명을 부르는 법이
오."

"……."

장성호의 이야기를 듣고 두메르가 움찔했다.

경쟁은 당연한 것이고 적자생존이 인류의 진화를 이끈다고
생각했다.

그 생각이 혁명이라는 단언에 무너졌다.

프랑스에서의 혁명은 곧 권력자의 죽음을 뜻하는 것이었
다.

그리고 그 죽음은 두메르 자신의 죽음이었다.

섬뜩한 기분이 들었고 이대로 있어서는 안 된다는 생각이
들었다.

"프랑스를 어떻게 변화시켜야 하오……?"

장성호에게 물었고 대답을 들었다.

"교육이오."

"교육……."

"배려는 의무가 아니고 선택이오. 경영자가 근로자를 도구

로 여기는 것은 생각이고, 그 생각은 절대 법으로 막을 수 있는 것이 아니오. 오직 행동적 결과가 나와야 책임을 묻고 처벌할 수 있소. 그런데 그런 게 드러날 때면 이미 염증이 곪아터져서 고름이 흘러나오는 상태일 거요. 빙산의 일각이라는 말이 있듯이 한 사람의 생각이 수백명, 수천명의 사고일 수 있소. 그 생각을 교정하는 것이 바로 교육이오. 어릴 때부터, 그리고 성인을 상대로 지금부터라도 교육해야 하오. 수시로 배려의 필요성을 부각시켜야 하오. 노동자를 위한 법률은 거기에서부터 탄생되어야 하오."

장성호가 하는 이야기를 두메르가 가슴 깊이 새겨 넣었다.

그를 따르는 장관들은 곰곰이 생각하면서 프랑스가 어떤 나라였었는지, 조선은 어떤 나라인지 돌아보면서 비교했다.

어떻게 길을 걸어야 하는지 판단했다.

두메르와 그를 수행하는 장관들의 얼굴을 보면서 장성호가 물었다.

"내가 말한 조건을 받아들이겠소?"

지체 없는 대답을 들었다.

"받아들이겠소. 아니, 받아들이기 전에 프랑스는 변해야 하오. 고려 총리의 이야기를 듣고 실감하고 있소."

진심이었다. 그것을 확인하고 미소를 지었다.

장성호가 두메르와 장관들에게 말했다.

"우리가 확보한 증거를 넘겨주겠소. 그리고 이 증거들을 오직 불란서에서만 취했다는 것을 알리시오. 아국에서 관여한 바가 알려지지 않기를 원하오."

"약속하겠소."

대답을 듣고 장성호가 비서실장에게 눈짓을 줬다.

자기선들이 담긴 상자가 넘겨졌고 그것을 두메르의 수행원들이 챙겼다.

장성호에게 두메르가 감사의 뜻을 전했다.

"정말로 고맙소. 그리고 꼭 보답할 수 있도록 하겠소. 고려 총리가 말한 바를 지킬 수 있도록 최선을 다하겠소."

악수하면서 인사했다.

전용기에서 두메르와 프랑스 장관들이 내렸고 그들은 전용차를 타고 조용히 대통령궁으로 향했다.

그리고 장성호가 전용기를 모는 기장에게 물었다.

"보급은 끝났습니까?"

"예. 총리대신."

"그러면 돌아갑시다. 돌아가서 불란서가 어떻게 변하는지 지켜보는 겁니다. 그리고 소련의 공세도 미리 대비합시다."

"예."

연료를 보급한 장성호의 전용기가 다시 이륙했다.

창문 밖으로 떠오르는 해를 보면서 장성호는 앞으로 프랑스가 큰 변화를 이룰 것이라고 믿었다.

공정한 경쟁과 배려의 가치라는 씨앗이 유럽에 제대로 심어지기를 원했다.

그리고 다음 날이었다.

다시 시위대가 목소리를 높이기 시작했다.

"국민을 죽이는 살인마 정권을 규탄한다!"

"부르주아를 궤멸시키고 혁명을 이뤄내자!"

"와아아아~!"

확성기 소리가 울려 퍼졌다.

다시 화염병이 투척되고 경찰들은 이번에 방패를 들고서 그것을 막기 시작했다.

화기 사용을 금한다는 엄명이 내려진 상태였다.

50만명에 육박하는 노동자들이 모여서 폭력 시위를 벌였고, 울리에와 이달고는 파업과 시위에 참여하지 않은 마지막 노동자들을 만나서 합류시키려고 했다.

파리 근교에 위치한 금성차 공장 정문에 프랑스 노조 총연합 회원들이 모인 가운데 두 사람이 금성차 생산직 반장들과 만나서 이야기했다.

이달고가 나서서 이야기하고 있었다.

"이제부터는 노동자들의 시대요. 그것은 자연스러운 변화고 거스를 수 없는 혁명이오. 비록 금성차에 노동조합이 없지만 우리 시위에 합류한다면 얼마든지 받아주겠소. 그리고 노조 설립을 원한다면 얼마든지 지원하겠소. 함께 해서 국민을 죽이는 정부를 심판하는 거요."

이달고의 말에 반장 중 한 사람이 대표로 말했다.

"내가 볼 땐 회사 임원과 근로자가 함께 회사를 위하는 시대가 맞는 듯하오."

"부르주아는 노동자와 함께 하지 않소. 도구로 볼 뿐이오."

"도구가 아니라, 회사의 주주들이 고용한 것이오. 엄연히 회사는 주주들의 소유이기에 그럴 수 있는 권리 또한 분명히 있소. 대체 무엇을 근거로 자연스러운 변화라고 말하는 것인지 모르겠소. 혹시 반복적으로 이야기해서 세뇌를 시키려 하는 것 같은데, 우리 기분 탓이오? 우리가 볼 땐 전혀 자연스럽게 느껴지지 않는데? 그리고 어째서 노조 설립이 필요한 거요? 우리는 사는데 큰 어려움이 없을 정도로 부족한 임금을 받는 것도 아니고, 마땅히 사람답게 살 수 있도록 회사로부터 여러 배려를 받고 있소. 알아서 직원들을 귀하게 여길 줄 아는 회사에는 노조가 필요 없다고 생각하오."

반장의 이야기에 이달고가 인상을 썼다.

그는 마치 금성차 직원들이 부르주아에 세뇌되어 있다고 생각하고 있었다.

울리에가 나서서 반장에게 이야기했다.

"가마우지라는 새를 아시오?"

"잘 모르오."

"가마우지는 동양에서 물고기를 잡아먹는 새요. 그런데 동양인들이 그 새의 목을 줄로 조여서 숨을 쉴 수 있게 하되 고기를 삼키지 못하도록 만들어서, 새가 잡은 고기를 취하고 10마리 중에 한마리를 주오. 때문에 가마우지는 인간이 자신에게 고기를 준다고 생각하오. 무려 10마리의 고기를 잡는데 말이오. 현재 노동자들의 입장이 딱 그러하오. 그러니 가마우지가 아니라 한명의 인간이 되는 것이오."

울리에의 이야기를 듣고 반장이 반박했다.

"예를 잘못 든 것 같소. 그 새는 처음부터 고기를 잡을 수 있는 능력을 가지고 있고, 우리는 그 능력을 회사에서 빌려준 것이오. 기본 전제 자체가 다른데 어떻게 감히 똑같이 볼 수 있는 거요?"

반문과 반박에 울리에가 인상을 썼다.

그러나 이내 표정을 풀고 반장에게 말했다.

"15년 근속을 이루면 자녀가 원할 경우 자동적으로 취업할 수 있소. 아니, 노동자의 세상이 오게 되면, 더 이상 취업 걱정 없이 살 수 있소. 100퍼센트 취업할 수 있게 될 테니 말이오. 또한 부르주아와 똑같은 임금을 받게 되오."

그 말에 반장이 기막힌 표정을 지었다.

"자녀 일은 자녀 일이오. 그리고 그런 대물림은 결국 회사의 경쟁력만 약화시키게 되오. 더해서 무엇을 근거로 취업 걱정이 없다고 말 하시오? 중요한 것은 내가 원하는 직업을 가지는 것이지, 그쪽이 하는 말은 원하지 않는 직업을 강제로 갖도록 만들겠다는 뜻이지 않소? 그리고 부르주아와 똑같은 임금이라니? 그게 가능한 일이오? 설마 개인이 회사를 차려도 그 권리를 인정하지 않겠다는 뜻이오? 내 말이 맞소?"

"……"

반장의 말에 울리에가 할 말을 잃었다. 그에게 이달고가 눈짓을 보냈다.

'포기합시다. 이놈들은 부르주아에게 세뇌당한 놈들입니다. 혁명을 이룬 후에 죽이는 방법 밖에 없습니다.'

이달고의 눈짓에 울리에가 입을 다문 채 고심했다.

금성차 직원들을 시위에 합류시켜야, 그래도 고려의 부르주아들은 노동자들을 챙긴다는 식의 논리를 찍어 누를 수 있다고 생각했다.

모든 노동자가 하나가 되어서 맞서야 된다고 여겼다.

그럼에도 불가능한 일에 미련을 두지 않으려고 했으니, 버릴 자들은 버려야 한다고 생각했다.

애써 그들을 존중해서 혁명을 위한 사상적 통일이 깨지는 것을 막으려고 했다.

생각을 정리하고 금성차 직원들을 반동으로 여기기 시작했다.

그때 한 노조 간부가 어떤 소식을 듣고 고개를 갸웃거렸다.

그가 울리에와 이달고에게 와서 말했다.

"위원장님."

"무슨 일이오?"

"지금 막 들어온 소식입니다. 정부에서 노조와 노동당에 관해서 중대 발표를 한다고 합니다."

"중대 발표를 말이오?"

"예. 위원장님."

"어떤 내용인지 들어온 정보는 있소?"

"강경 진압에 관한 내용인 것으로 들었습니다. 정부에서 뭔가 결단한 것 같습니다."

이야기를 듣고 이달고가 속으로 쾌재를 불렀다. 그리고 울리에에게 말했다.

"다시 정부가 총기로 시위대를 사격하면 우리도 절대 가만히 있으면 안 됩니다."

"동의하오."

"이제 두메르 정권을 제대로 엎어야 할 것 같습니다."

강경 진압이 벌어지면, 분노와 증오로 프랑스 정부를 뒤집으려고 했다.

그런 계획을 세운 가운데 계속해서 시위를 유도하고 거리를 연기로 채워나갔다.

그리고 오후 3시가 됐다.

영출기를 통해서 정부 발표가 이뤄졌다.

중대 발표를 확인한 노조 간부가 급히 달려왔다.

"위… 위원장님!"

간부의 외침에 이달고와 울리에를 비롯한 사람들의 고개가 돌아갔다.

달려온 간부가 숨을 헐떡였고 이달고가 발표 내용을 물었다.

"정부에서 우릴 진압한다고 하오?"

그의 물음에 간부가 컥컥 거리면서 숨을 고르면서 대답했다.

"우리가 소비에트와 결탁했다고…! 정부에서 발표했습니다……!"

"소비에트와?"

"예! 위원장님!"

"그… 그럴 것이라 예상했소. 하지만 증거도 없이 우리에게 감히 모함을……."

이달고가 움찔하면서 말했다. 그리고 그의 말을 간부가 끊었다.

"영상이 공개됐습니다!"

"뭣이……?"

"울리에 대표와 소비에트 지도부 위원인 부하린과 만난 영상이 공개 되었습니다! 그리고 부하린이 트로츠키로부터 지시를 받은 영상도 함께 공개됐습니다! 한시간 뒤에 다시 영상을 공개한다고 합니다!"

"……?!"

간부의 이야기를 듣고 주위의 모든 사람들이 얼어붙었다.

울리에도 곁에서 그 이야기를 듣고 자신의 두 귀를 의심했다.

절대 있을 수 없는 일이 벌어졌다.

프랑스의 혁명을 위해서는 절대 있어서는 안 되는 일이었다.

한시간 뒤 예고한 대로 추가 영상이 공개되었다.

[화염병 하나면 충분하오. 사상자가 나올수록 우리의 혁명은 완성으로 향하게 되오. 정부와 부르주아가 노동자를 탄압하는 걸로 인식을 심을 거요.]

"맙소사……!"

경악이 터져 나왔다. 노동당 당사에서 이달고를 비롯한 사람들이 영출기를 보고 있었다.

그들과 울리에는 기막힌 표정으로 화면에 나오는 영상을

지켜보았다.

머릿속에서 의문이 일어날 수밖에 없었다.

'이걸 대체 언제 찍은 거야?!'

'설마 우리 사이에 배신자가 있었나?!'

'아니다! 저 영상이 찍힌 자리에는 그저 벽만 있었어!'

'어떻게 찍은 거야?! 이거?!'

크게 혼란이 일어났다.

식은땀이 계속해서 흘러내렸고 심장에서 강한 압박감이 일어났다.

이달고가 눈을 계속 껌뻑거렸다. 곧 영상이 전환되면서 울리에가 모습을 드러냈다.

그가 이달고에게 한 말이 있었다.

[사상자가 생기면 노동당 전체가 나서서 노조를 지원할 것이오. 여론이 결집되면 결국 프랑스도 소비에트처럼 혁명을 이룰 수 있소. 우리는 대업을 성취할 것이오.]

"말도 안 돼!"

앉아 있던 울리에가 자리에서 벌떡 일어났다. 공개되는 영상은 그치지 않았다.

[프랑스를 시작으로 유럽의 혁명이 시작될 겁니다. 유럽 혁명이 이뤄지면 그 다음은 아메리카입니다. 우리가 첨병입니다.]

[정권을 잡고 혁명을 이루게 도면 소비에트가 울리에 동지를 도울 거요. 마지막까지 최선을 다하기 바라오.]

"어떻게 이런 일이……!"

러시아 말이 영출기에서 울려 퍼졌다.

그리고 자막이 화면 아래에 새겨지면서 울리에와 울리에가 만난 인물의 대화를 사람들이 알아볼 수 있도록 되어 있었다.

심지어 그가 어떤 사람을 만났는지도 쓰여 있었다.

'니콜라이 이바노비치 부하린'이라는 이름과 소비에트 공산당 위원이라는 직책명도 함께 쓰여 있었다.

그리고 부하린이 트로츠키를 만나고 있는 영상도 공개됐다.

[이것으로 프랑스도 계급투쟁을 통해 평등 공산화 혁명을 이루겠군.]

[노동당 대표인 울리에 동지와 프랑스 노동조합 총 위원장인 이달고 동지가 이룰 겁니다. 그 후에 반동을 제거하고 다른 유럽 나라들의 계급투쟁을 이룰 겁니다.]

트로츠키의 지시가 부하린에게 전해지고 다시 부하린이 울리에와 이달고에게 지시를 하는 식의 영상이 공개되었다.

그것은 절대 부정할 수 없는 증거였다.

손과 발이 떨리기 시작했다.

"이럴 수가……."

"이를 어떻게 합니까? 대표님……."

"어떻게 해야 하다니… 내가 묻고 싶소……."

"이렇게 되면… 지금 시위를 벌이고 있는 노동자들도……."

이달고의 말에 울리에가 크게 소리쳤다.

"부정해야 하오!"

"예……?"

"무조건 부정해야 하오! 지금의 영상을 증거로 인정하는 순간 모든 것이 끝나오! 우릴 닮은 사람이 연기한 것이라고 주장해야 하오!"

그의 말에 이달고가 고개를 끄덕였다.

당사 안에 있던 사람들이 그것을 지켜보고 있던 순간, 1층 밖에서 소란이 일어났고 급히 사람이 올라왔다.

노조 간부가 다급히 외쳤다.

"경찰입니다! 피하셔야 합니다!"

그러나 이미 늦은 상태였다.

달려온 경찰들이 회의실 문을 부수고 들어와서 영장을 드러내어 보였다.

경찰 지휘관이 울리에에게 말했다.

"울리에 대표."

"큭……!"

"울리에 대표를 반역과 내란음모 혐의로 긴급히 체포하겠소. 또한 이달고 위원장과 여기에 있는 모든 용의자들을 동일 혐의로 체포하오. 순순히 따르지 않으면 반역 혐의가 걸려 있기 때문에 사살하겠소."

장전된 총기를 들고 위압했다. 때문에 당사 안의 모든 사람들이 얼어붙었다.

울리에의 손에 포승줄이 묶였고 그가 크게 소리쳤다.

"감히…! 날조된 증거를 가지고 탄압을 벌이다니! 민중이 가만히 있을 것이라고 보는가?! 끝내 네놈들을 심판하고, 역사가 기억할 것이다!"

끌려 나가면서 소리를 질렀다.

그의 입에 재갈이 물렸고 울리에는 재판 때까지 어떤 말도 할 수 없었다.

노동당 당사에서 사람들이 줄줄이 체포되어 끌려나왔다.

보르도 대학교의 명망 있는 강사인 로베르 루시앙과 수석 입학생인 루이 스넬라 그리고 두 사람과 관련된 여러 교수와 학생들이 경찰에 의해서 체포되었다.

언론인이라 불리는 신문사의 사장인 지브릴 미셸도 체포되었고 노동자 파업에 동조하고 그들의 시위를 지지하던 수백 넘는 사람들이 체포되었다.

그것에 관한 보고가 두메르에게 전해졌다.

"소련에 협조하고 동조한 자들 모두가 체포되고 있습니다. 프랑스 노동조합 총 위원회의 간부들도 체포되고 있습니다."

"시위대는 어떻소?"

"중대발표에 이은 영상 공개로 인해 소강상태입니다. 영상의 내용이 알려지면서 내부 의견이 분분한 것 같습니다."

"영상을 보지 못한 사람은 믿지 않으려 하겠군."

"그래서 계속해서 방영할 예정입니다. 일주일 동안은 한시간 간격으로 영상을 공개할 예정입니다. 각하."

장관들의 보고와 이야기를 듣고 두메르가 회의실에서 고개를 끄덕였다.

그리고 파업을 벌인 노동자들과 시위대가 어떻게 나올지 지켜보기로 했다.

"증거를 기반으로 하는 진실을 믿는지 안 믿는지 지켜보겠소. 추가 조치는 그 후에 벌여도 늦지 않소."

"예. 각하."

승리를 확신하고 사태가 진정되기를 기다렸다.

두메르와 장관들의 예상대로 시위에 나선 노동자들은 큰 충격에 빠진 채 혼란을 겪기 시작했다.

처음에는 반신반의가 만연했다.

"정말로 우리가 희생당하길 원하는 이야기를 노조 위원장이 했다고?!"

"그렇다니까!"

"난 그 영상을 본 적이 없어서 못 믿겠어! 세상에 어떻게 프랑스를 바꿔보자고 우리의 희생을 바랄 수 있어? 이달고 위원장이 절대 그런 말을 했을 리가 없어?!"

소련과 내통한 사실도 처음에는 믿지 않았다.

그러나 며칠 후엔 시위를 벌이던 사람들의 생각이 달라졌다.

영출기 영상을 보고 분통을 터트렸다.

"어떻게 감히 일부러 우릴 죽이려고 한 거야?!"

"화염병을 먼저 던지려 했던 이유가 경찰의 사격을 유도하기 위해서였다니! 노조 위원장이라는 놈이 어떻게 그런 짓을 저지를 수 있어?!"

"소련의 첩자 놈들에게 우리가 놀아났어!"

혁명을 이루기 위해서 희생을 유도한 사실에 분개했다.

그로 인해 시위 동력을 완전히 잃게 됐다.

참을 수 없는 걱정이 밀려들기 시작했다.

"그놈들한테 속아서 파업을 일으켰는데……."

"다시 직장으로 돌아갈 수 있을까……?"

예전처럼 일할 수 있는지를 걱정했다.

그러던 중 그들에게 한가지 소식이 전해졌다.

그 소식은 어둠 속의 한 줄기 빛과 같았다.

"대통령이 회사 경영자들을 만나서 사흘 안에 회사에 복귀하면 받아주라는 이야기를 했다고 하더군! 우리에게 잘못을 묻지 않겠다고 해!"

"정말이야?"

"그래!"

"그러면 지금 당장 회사로 돌아가야겠어! 지금 상황에 해고까지 당하면 완전히 끝장이야!"

시위를 벌이던 노동자들이 술렁이면서 회사로 돌아가야 한다고 판단했다.

다음 날 파리 거리를 채웠던 시위대는 마치 썰물이 되어 빠져 나가 회사로 돌아갔다.

물론 돌아가지 못한 노동자들도 있었다.

"맙소사! 회사가 망하다니……!"

"경영이 힘들다고 했던 말이 사실이었어……."

"이렇게 되면 우리는 어떻게 먹고 살아야 하는 거야… 이 모든 게 이달고와 노조 놈들 때문에 벌어진 일이야…! 놈들에게 속아서 모든 게 망했어…! 크흐흑……!"

분노와 증오, 시기와 질투로 인해 모든 것을 잃었다.

그 책임은 온전히 선동당한 자들이 질 수밖에 없었다.

회사가 파산하면서 직장을 잃은 노동자들은 그저 자신들을 속인 자들에게 다시 분노하는 것이 전부였다. 그것만이 그들이 할 수 있었다.

마지막까지 시위를 벌이려는 자는 소수에 불과했고 그들은 정부의 강경 진압에 두려워하며 목숨을 지키기 위해 얌전한 시위를 벌였다.

당장 정부가 엎어질 것 같았던 큰 시위가 가라앉았다.

그 소식은 이웃 나라들에게도 전해졌다.

조지 5세가 맥도널드로부터 보고를 받았다.

"결국 소련이 벌인 공작이었군."

"예. 폐하."

"전 유럽 혁명을 기획하면서 프랑스에서 그런 짓을 벌이다니… 그렇다면 짐의 왕국에도 놈들의 첩자와 공산주의자들이 숨어 있는 것이 아닌가?"

"충분히 생각할 수 있습니다."

"꼭 색출해서 처벌토록 하게."

"그렇게 할 것입니다. 방첩에 만전을 기하겠습니다."

프랑스에서 일어난 일을 보고 영국과 유럽의 모든 나라들이 소련을 경계했다.

동시에 프랑스 노조 위원장과 노동당 대표가 벌인 일을 공개하면서 국민들이 선동가들의 거짓말을 쉽게 믿지 않도록 만들려고 했다.

범인들이 체포되고 수사가 진행되면서 재판이 준비되고 있었다.

조선에도 프랑스에서 일어난 사실이 속속들이 전해지고 있었다.

장성호가 이척을 알현해서 소식을 알려줬다.

"진실이 밝혀졌는데도 아직까지 간첩을 믿는 자들이 있단 말인가?"

"예. 폐하."

"어째서 그러한가?"

"그들의 이념과 신념을 이룰 수 있는 자들로 생각하기 때문입니다. 그래서 배신자라도 믿고 증거가 날조되었다고 주장하는 것입니다."

"그 정도까지 가면 그자들을 모두 죽여야 해결이 되겠군."

"우리가 할 수 없는 일을 생각하셔서는 안 됩니다. 하지만 폐하께서 말씀하신 해결책 외에 다른 해결책이 있습니다."

"어떤 해결책을 말인가?"

"공상가들이 믿는 공산주의와 소비에트 연방 공화국 자체

152

를 무너뜨리는 것입니다. 그것도 소련 인민의 민란을 통해서 말입니다. 이제부터 우리는 그것을 유도할 것입니다."

이야기를 듣고 이척이 고개를 끄덕였다.

"트로츠키가 가만히 있지 않겠군."

"계속해서 그들의 사상을 퍼트리려고 할 겁니다."

"미리 놈들의 행동을 예측해서 대응해야지. 물론 총리와 대신들이 그렇게 해줄 것이라고 믿는다. 금번에 신형 장비가 개발되었다고 하던데 어떤 장비인가?"

"이 자리에서는 알려드릴 수 없습니다."

"극비로 다뤄져야 하는 장비인가 보군."

"예. 폐하."

"그러면 다음에 자리가 마련되면 알려 달라."

"그렇게 하겠습니다."

프랑스에서 일어나는 상황을 전하고 앞으로 어떻게 대응할지에 대한 큰 계획을 알려줬다.

장성호가 사정전에서 이척에게 인사하고 나왔다.

그리고 정부 청사로 와서 각 부 대신들로부터 보고를 받았다.

"불란서 시위가 진정되고 대파업이 중단되면서 공장이 돌기 시작했습니다. 하지만 경제에 너무 심한 상처를 입어서 피해 회복에는 다소 시간이 걸릴 것 같습니다."

보고를 받고 조치를 내렸다.

"원화로 차관을 빌려주도록 하고, 불란서 회사의 회생을 돕도록 합시다. 몇몇 파산한 기업들이 우리와 거래가 아예 없는 것도 아니니, 다시 일어설 수 있도록 지원하고 함께 부흥하는 겁니다. 그러한 전략대로 내일 조치를 준비해오기 바랍니다."

"예. 총리대신."

그리고 잠시 생각했다.

'두메르에게 조금 상세한 사안들을 정해줘야겠어.'

단기로 도움을 줄 수 있는 일을 정하고 장기적으로 프랑스를 변화시킬 수 있도록 도움을 주려고 했다.

쪽지에 장성호가 무언가를 써서 외부대신에게 넘겨줬다.

"이것이 무엇입니까, 총리대신?"

"그것을 공문으로 작성해서 불란서 공사관에 전해주십시오. 두메르 대통령이 받으면 알아서 할 겁니다."

"알겠습니다."

쪽지에 미처 말하지 못한 것을 써넣었다.

이상설은 외부로 가져가서 쪽지의 내용을 공문으로 만들어서 공사관으로 넘겼다.

이틀 뒤 두메르가 외무장관으로부터 보고 받았다.

"이걸 고려 총리가 내게 보낸 것이라고?"

"예. 각하. 앞으로 프랑스가 개혁해야 할 부분이라고 했습니다."

보고를 받고 조선에서 온 공문을 두메르가 천천히 읽었다.

"최저시급 제도… 노동시간 상한제… 의무 국민건강보험… 선별 무상교육에 무상급식이라……."

"그리고 고려 총리의 전언도 있었습니다."

"어떤 전언인가?"

"사람에게 허락된 유이한 평등은 죽음과 기회평등이라는 전언입니다."

"죽음과 기회평등……."

"도전의 기회는 어떤 사람에게든지 주어져야 한다고 했습니다. 그래야 인류에 더 큰 도약이 이뤄질 수 있다고 합니다."

이야기를 듣고 두메르가 고개를 끄덕였다.

그리고 공문에 쓰인 제도를 한번 더 살피고 곁의 비서실장에게 말했다.

"고려 총리에게 사의를 전하시오. 만약 우리가 이 시련을 이겨내고 진보를 이루게 되면, 고려의 도움으로 이룬 것이 될 거요. 우리에게 도움을 줘서 고맙다고 전하시오."

"예. 각하."

장성호가 알려준 제도를 갖추려고 했다.

그리고 여당인 급진당을 통해서 야당과 국민, 기업가들을 설득하고 법안을 마련하고자 했다.

후속 조치들이 계속해서 이뤄졌다.

체포된 간첩들에 대한 공판이 열리기 시작했고 동시에 소련에 프랑스에서의 소식이 전해졌다.

소식을 들은 트로츠키가 황당하다는 표정을 지었다.

"모든 게 들통 났다고……?"

"예. 주석 동지."

"어째서 말이오? 설마 울리에와 이달고가 조심하지 않은 거요?"

"매우 경계했습니다. 그럼에도 우리가 그렸던 모든 전략이 들통 났습니다. 영상이 공개되었다 합니다. 주석 동지와 부하린 위원이 만나서 이야기한 영상도 공개되었다 합니다."

"부하린 동지와?"

"예. 주석 동지. 입수한 영상이 보내어져서 확인했는데, 확실하게 주석 동지와 부하린 동지였습니다. 위치상 저곳에서 촬영이 이뤄졌습니다."

"……"

치체린이 검지로 집무실 벽 모서리를 가리켰다.

그곳엔 책장이나 가구 같은 것도 없었고 그 어떤 촬영기도 놓을 수 없었다.

트로츠키가 기억을 더듬어 그곳에 사람이 있었는지를 기억했다.

그러나 그곳에 사람이 있었던 적은 없었다.

"불가능한 일이오!"

"하지만 영상으로 확인했습니다. 저도 이상해서 몇 번이나 확인했지만 저기서 촬영이 되었습니다."

"바보 같은……."

"내부를 경계하셔야 됩니다. 주석 동지."

믿기 힘들었지만 참모의 이야기를 들어야 했다.

트로츠키가 고개를 끄덕이면서 치체린의 말을 귀담아 들었다.

그리고 프룬제에게 지시를 내렸다.

"반동을 색출해서 처벌하시오. 그리고 이번 기회에 우리도 털어낼 것은 털어내야 하오."

"예. 주석 동지."

이어 다시 고민에 빠졌다.

의욕적으로 나섰던 프랑스 공산화 혁명이 완전히 좌초되었다.

치체린이 아쉬움을 나타냈다.

"혁명을 완성하기 직전이었는데, 정말 안타깝습니다. 프랑스 노동자와 민중이 반동이 되었습니다. 무엇보다 노동자들의 피로 혁명을 이룬다는 이달고의 말실수가 돌이킬 수 없는 지경에 이르렀습니다."

"돌이킬 수 없기보다는 춥고 긴 겨울밤을 지내야 하는 것이오. 암울한 것은 마찬가지겠지만 반드시 견뎌야 하오. 그래야 다시 혁명을 일으킬 수 있소."

"예. 주석 동지."

선봉장의 예봉이 크게 꺾인 상태였지만 그것이 곧 전쟁에서 패하는 것은 아니었다.

다른 지휘관을 내어서 역전의 발판을 이루려고 했다.

또한 트로츠키와 소련 공산당 위원들은 3세계라 불리는 곳에서 혁명을 준비하고 있었다.

"아프리카에서의 혁명 준비는 어찌되었소?"

트로츠키가 물었고 치체린이 대답했다.

"투쟁을 유도하고 있는 중입니다. 조만간 성과에 관한 소식이 전해질 겁니다. 조금만 기다려주십시오. 주석 동지."

답을 듣고 트로츠키가 고개를 끄덕였다.

그리고 유럽 정부의 간섭에서 벗어난 자치 식민지에서부터 공산화 혁명이 이뤄지기를 기대했다.

빨리 그것에 관한 소식이 오기를 기다렸고 며칠 되지 않아서 소식이 전해졌다.

희소식이 모스크바에 도착했을 것이라고 생각했다.

그러나 트로츠키의 기대와는 전혀 달랐다.

"아프리카에서 혁명을 준비하던 전사들이 체포되었습니다……!"

"어째서?!"

"식민들이 식민 정부에 신고했다고 합니다! 프랑스에서 공개된 영상이 아프리카 식민 정부에서도 공개되었다고 합니다! 우리에게 노동자의 희생을 빌미로 내란을 유도한다고 말하고 있습니다!"

"반동 놈들이 감히! 그렇게 인간의 피를 빨아먹길 원한단 말인가?!"

"부르주아의 반격이 만만치 않습니다. 놈들이 계속해서 우리의 혁명을 저지하고 있습니다. 놈들의 탐욕스런 공세를 엎어버릴 조치가 필요합니다!"

보고를 듣고 트로츠키가 이를 뿌드득 하면서 갈았다. 그리고 곧바로 지시를 내렸다.

"우리에게 책임을 씌우려고 하거든, 반동 정부가 우리의 위대한 혁명을 무너뜨리기 위해서 나와 위원들을 닮은 배우로 하여금 조작 영상을 만들어냈다고 하시오! 행여나 우리 인민이 놈들의 사상에 물들어서는 안 되오!"

"예! 주석 동지!"

변명거리를 만들고 반격의 수단을 찾기 시작했다.

그리고 이내 치명적인 계획이 머릿속에서 떠올랐다.

트로츠키가 회심의 미소를 지었다.

"계급투쟁은 꼭 자본가와 노동자 사이에서만 이뤄지는 것은 아니지."

치체린과 프룬제가 쳐다봤고 두 사람에게 생각한 바를 알려줬다.

"성별을 평등하게 이루는 투쟁도 또 하나의 계급투쟁이오."

"성별 투쟁을 방아쇠로 삼으시겠다는 말씀입니까?"

"그렇소. 오직 우리만이 이뤄낸 혁명이오. 그리고 이번에는 유럽이 아닌 아메리카에서 먼저 이룰 것이오."

"아메리카……."

"우리의 혁명은 미국에서 다시 시작할 것이오."

의지를 높이며 전 인류 평등을 이루고자 했다.

모든 이들이 평등하면 분쟁 또한 없을 것이라고 여겼다. 그것을 이루기 전에 치르는 희생은 불가피하다고 생각했다. 치체린이 가리켰던 벽에서 다시 아지랑이가 피어올랐다. 아지랑이는 크렘린 밖으로 흘러나가 사람으로 현신하고 이내 세상 반대편으로 트로츠키가 한 이야기들을 넘겨서 보냈다.

조선 정보국 회의실에서 장성호가 유성혁 우종현 등과 함께 첩보 영상을 보고 있었다.

안에서 트로츠키가 한 이야기가 울려 퍼졌고 그것을 심각한 표정으로 지켜보았다.

영상이 끝나자 장성호가 한숨을 쉬었다.

"정말로 질기군. 이제는 유럽이 아니라 미국에서 공산 혁명을 벌이겠다니……."

"그것도 급진 평등주의 중에서도 최악의 평등입니다. 성별 평등을 내세움으로 인해서 우리 선조들이 얼마나 큰 피해를 입었는지를 기억하셔야 됩니다."

"뭐, 미국에는 자네 형님이 계시니 알려주기만 하면 대비할 수 있네. 아니, 그냥 영상을 보내도록 하지. 미국 정계와 재계가 볼 수 있게 되면 미리 대응해나갈 수도 있어."

"하지만 근본적인 해결은 되지 않으리라 봅니다. 진정한 해결책은 소련 국민이 공산주의의 문제를 깨닫고 그것을 무너뜨리는 것입니다. 전에 폐하께 말씀드린 대로 우리도 반격해야 됩니다."

소련 정권을 무너뜨릴 것이라고 이야기했다.

이척에게 했던 말을 장성호가 기억했다.

종현이 어떻게 할 것인지를 물었다.

"어떤 방법으로 놈들을 상대하시겠습니까? 지시를 내려주십시오. 총리대신."

그리고 고민 끝에 장성호가 입을 뗐다.

"인재를 맞교환해보는 것은 어떠한가?"

"맞교환이라고요?"

"그래. 저쪽이 저 정도로 공산주의와 평등을 믿는다면, 그만큼 확신하는 것이고 자신한다는 것이겠지. 물론 그 끝에 뭐가 있는지도 모르니 천둥벌거숭이처럼 날뛰는 것이고 말이야. 반면에 우리는 공산주의에 어떤 문제가 있는지를 정확히 알아. 그리고 대체할 수 있는 것이 무엇인지, 최선이 무엇인지 알고 있고 말이야."

"트레이드해서 물들이자는 말씀이군요."

"맞아. 자기들이 이길 거라고 확신할 테니 우리 제안을 반드시 받아들일 것이네. 그래서 어쩌면 조금 도박이 될 수도 있지만, 아니 패는 이미 알고 있지만, 패를 알기에 확실하게 도박을 벌일 수 있다고 생각하네. 모든 것을 얻거나, 모든 것을 잃거나 말일세. 어떠한가?"

"……"

"내 생각만으로 할 수 없으니 자네들의 판단도 필요하네."

장성호의 말에 성혁과 종현이 곰곰이 생각했다.

그리고 길지 않은 고민 끝에 판단을 내렸다.

"저는 찬성입니다."

"저도 찬성입니다. 하지만 저희들만으로 판단할 수 없으니 천군 중에서 요인들에게도 물어보셔야 할 것 같습니다. 특히 소련으로 가는 사람들의 판단을 말입니다. 그 사람들이 확실해야 합니다."

대답을 듣고 장성호가 고개를 끄덕였다.

"알겠네. 그러면 자네 말대로 하겠네. 이를 폐하께 전하겠네."

수백 년 가까이 치를 희생과 시련의 시간을 최대한 줄이고

자 했다. 악한 자들을 더욱 악하게 만들고 찾아오는 혼란의 강도를 더욱 크게 만들어서 그 본질이 무엇인지 사람들에게 보여주려고 했다. 장성호가 천군 인사들을 만나서 이야기했다. 그리고 동의를 얻었다.

박은성이 미소를 지었다.

"저도 찬성입니다."

"적지에 가는 것인데 괜찮겠습니까?"

"적지에 가는 것은 맞지만 그 적이 우릴 더 두려워합니다. 오히려 조선에 온 소련인들을 어떻게 물들이느냐가 중요할 것 같습니다. 그들의 내세우는 공산주의와 평등주의를 철저히 깨부숴야 할 것입니다. 그리고 조선은 그럴 수 있는 힘을 가지고 있습니다."

확신에 가득 찬 말을 듣고 장성호가 알겠다고 말했다.

그리고 그와 선발된 사람들을 소련 땅으로 보내기로 했다.

"몸조심해 주시기 바랍니다. 무사히 돌아오셔야 됩니다."

"걱정하지 마십시오. 돌아와서 뵙겠습니다."

박은성과 기술자들의 동의를 얻고 경복궁으로 향했다.

이척에게 소련을 무너뜨릴 전략을 알려줬다.

이야기를 듣고 이척이 걱정 가득한 목소리로 물었다.

"정말로 우리가 이길 수 있는가?"

"예. 폐하."

자신만만해 하는 장성호를 보고 이척의 걱정이 사라졌다.

"경이 그렇게 말한다면 그렇겠지… 짐은 조선을 구한 천군을 믿을 것이다."

"황은이 망극하옵니다, 폐하."

세상을 구하기 위한 원대한 계획이 실행에 옮겨지기 시작했다.

악을 회피하지 않고 정면에서 깨부수는 것만이 참된 역사를 이룰 수 있는 유일한 길이었다.

그렇게 믿으며 당당하게 헤쳐 나아갔다.

여러 나라를 거쳐서 소련에 조선의 공문이 도달했다.

트로츠키가 반신반의하면서 치체린에게 물었다.

"고려가 학술 교환을 이루자고 공문을 보내왔다고……?"

"예. 주석동지."

"갑자기 그런 공문이 어째서 온 것이오?"

"정확히는 잘 모르겠습니다. 하지만 프랑스에서 있었던 일을 고려 또한 주시했을 겁니다. 고려 총리가 전하는 친서가 여기 있습니다."

치체린이 넘겨주는 장성호의 친서를 트로츠키가 받았다. 그리고 봉투를 열고 안에 담겨 있는 편지를 꺼내서 천천히 읽었다. 편지에는 트로츠키를 위해 소련 글로 번역된 내용이 담겨 있었다.

편지를 읽고 트로츠키가 미묘한 표정을 지었다.

"흠……."

"어떤 내용입니까?"

"직접 읽어보시오."

치체린에게 편지를 넘겨줬고 안의 내용을 읽게 했다.

편지를 읽는 치체린의 눈동자가 흔들렸다.

[인류를 위해 어떠한 사상이 나은지 함께 논의해보고 택하는 것이 어떻겠소? 우리의 사상이 낮다면 인류가 우리 사상을 따르면 되고, 소비에트의 사상이 낮다면 소비에트의 사상을 따르면 되오.]

편지를 읽고 트로츠키를 쳐다봤다.

"주석동지……."

"말하시오."

"이건… 도발입니다. 체제 대결을 벌이자는 선전포고와 같습니다. 지금 고려는 우리에게 전쟁 아닌 전쟁을 선포한 겁니다."

"……."

치체린의 말에 프룬제가 편지의 내용이 궁금하다고 말했다. 그리고 그에게 편지를 넘겨준 치체린은 트로츠키가 어떤 지시를 내릴지 기다렸다. 프룬제가 편지를 읽고 인상을 굳혔다. 그가 트로츠키에게 말했다.

"고려 총리의 제안을 받아들이지 않고 거부된 사실이 적군 장병들에게 전해지면, 우리의 혁명화 의지를 의심하게 될 거요. 지금 고려는 우릴 상대로 이길 수 있다 자신하는 거요."

프룬제의 이야기를 듣고 한번 더 고민하기 시작했다. 그때 치체린이 말했다.

"어쩌면 이것은 기회일 수도 있습니다."

"어째서 말이오?"

164

"학술 교환이기에 고려에서 우리에게 사람을 보내고, 우리도 고려로 사람을 보내게 됩니다. 그러니 모스크바에 온 고려인들을 우리 사상으로 교육할 수 있습니다."

"반대로는 고려에 간 우리 학자들이 고려인들을 교육할 테고……."

"예, 주석동지. 만약에 고려에서 혁명이 이뤄지게 되면, 그것은 곧 세계 공산화를 뜻하는 것입니다. 고려야말로 가장 자본주의적인 나라입니다. 자본가의 나라며 부르주아들을 위한 나라입니다. 유럽을 괴롭히면서도 뒤에 서 있는 나라가 바로 고려입니다. 그만한 강대국을 해방시킬 수 있다면 우리 생전에 세계 해방도 이룰 수 있을 겁니다."

치체린의 이야기를 듣고 기대감이 고조되었다.

왠지 대어를 낚을 수 있을 것 같은 느낌을 받았다.

"고려 총리의 제안을 받아들이겠소. 고려에 답장을 보내도록 하시오. 그리고 고려에 가서도 흔들리지 않을 혁명 전사를 보내도록 하시오. 사상적 무장을 완벽하게 이룬 자들을 택해서 보내야 할 거요."

"예, 주석동지."

만반의 준비를 해서 체제 대결 신청을 받아들이고자 했다. 그리고 반드시 이겨서 세상을 분쟁의 굴레에서 구하고자 했다. 자신들이 믿는 것이 곧 정의며, 절대로 패할 수 없는 진리라고 여겼다.

그 오만함이 세상에 드러나기 시작했다.

1931년 여름이었다.

신조서
新전기

물들고 물들이다

"여름이 시작된 지 얼마 되지도 않았는데 벌써 덥군."

"그러게 말입니다. 그래도 요즘은 냉방기 덕분에 살맛납니다. 고려인들은 어떻게 저런 것을 개발했는지 모르겠습니다."

"그러게 말이야."

"어떤 때에는 교수님보다 고려인들이 더욱 뛰어난 것 같습니다."

"나도 그렇게 생각하네. 아니, 고려인들은 언제나 뛰어났네. 내가 가진 생각의 범주보다도 말이야. 하지만 내가 정말로 대단하게 여기는 사람은 바로 자네일세."

"과찬입니다. 교수님."

"과찬이 아닐세. 자네와 함께 연구를 하는 것 자체가 큰 영예일세. 미국은 자네를 알아보지 못한 대가를 반드시 치를 것이네."

아인슈타인이 시디스를 격려하면서 어깨를 두드렸다.

시디스와 친해지면서 그가 어떤 삶을 살았는지 알게 되었다.

아인슈타인은 인재를 잃은 미국이 대가를 치르고, 그를 아낀 조선이 흥할 것이라고 생각했다.

그리고 시디스는 아인슈타인의 격려에 겸손을 보이며 자신을 학자로 돌아오게 해준 조선에 대해서 마음속으로 감사함을 가지고 있었다.

성균관 이과 건물의 한 연구실에서 차원에 관한 연구를 두 사람이 벌이고 있었다.

상대성이론은 이미 조선에 의해서 입증되었고, 시공간의 존재를 확인하면서 그 존재가 어떻게 확장되는지 연구하고 있었다.

책상 위에 책을 잔뜩 쌓아놓고 보면서 상상했다.

상상을 벌여야 가설을 세울 수 있었고 가설을 세워야 여러 공식을 만들 수 있었다.

그리고 공식이 세워져야 그에 관해 증명할 수 있었다.

공책에 연필로 시디스가 그림을 그렸다.

그림을 그리다가 마음에 들지 않는지 지우개로 지웠고, 나중에는 아예 선으로 벅벅 그으면서 삭제 표시를 나타내고 뒷장에서 새로 그림을 그리기 시작했다.

선과 면 그리고 선 하나를 더 그어서 공간을 만들었다.

거기에 더해 시간 표시를 하면서 세상을 나타냈다.

연필 끝으로 공책 위를 톡톡 두드리면서 끙끙거렸고, 다시 그림을 지우고 난 뒤 뒷장에 그림을 그리면서 5차원 세계를 정립하려고 했다.

그때 머릿속에서 번갯불이 튀었다.

"아!"

짧은 탄성을 터트리고 제대로 그림을 그렸다.

선과 면을 크게 그리지 않고, 작은 동그라미부터 그려서 그 안에 3차원 세계를 그려냈다.

그리고 그렇게 만든 동그라미 양편으로 동일한 크기의 동그라미를 선처럼 이으면서 여러 개를 그렸다.

그리고 확신을 가지게 됐다.

"이거였어!"

책상 맞은편에 앉아 있던 아인슈타인이 물었다.

"뭔가 발견했는가?"

"예. 교수님."

"어떤 것인가? 설마 5차원 세계의 형상인가?"

"예. 아마도 형상을 상상한다면 이것이 가장 적합한 것 같습니다."

"어디 보여주게."

아인슈타인이 시디스에게 공책에 그린 상상도를 보여 달라고 말했다.

그의 말에 시디스가 공책을 뒤집어서 아인슈타인에게 밀어줬다.

그리고 연필로 가리키면서 설명했다.

선처럼 연결된 동그라미들이 중요했다.

"시간입니다."

"시간?"

"여기 동그라미들이 이어져 있는 것이 바로 시간입니다. 그리고 동그라미는 우리가 속한 세상을 뜻합니다. 안에 가축과 나 축, 다 축이 함께 있습니다."

"음?!"

"우리 세상이 선 위에서 이어져 있다는 생각을 해봤습니다."

설명을 듣고 아인슈타인이 수염을 움찔했다.

그의 눈동자가 시간이라 여겨지는 말하는 동그라미들의 이어짐을 따라서 움직였다.

그리고 선에 임의의 점을 찍었을 때 그 점이 선 안에서 자유롭게 움직이게 되면 무엇을 뜻하게 되는지 알아차렸다.

"선 안에서는 자유롭게 움직이는 것은 설마 과거와 미래를 자유롭게 오가는 것인가?"

"가설을 세운다면 그렇습니다. 선과 면, 입체 공간에 이어, 다시 선으로 돌아갔을 때 이 선이 바로 시간입니다. 그리고 4차원입니다."

"이게 4차원이라고……?"

"여태 생각했던 4차원과는 조금 다릅니다. 그리고 이것이

172

바로 제가 생각하는 5차원입니다. 축 하나를 더 추가해서 선을 면으로 만드는 겁니다."

"맙소사……!"

"바로 수많은 미래, 수많은 과거입니다. 축 하나를 더해서 6차원으로 만들게 되면, 이 우주에서 우리가 가본 적 없는 미래, 있어서는 안 되는 과거로 향할 수 있게 됩니다. 무한대에 이르는 과거와 미래를 간섭할 수 있게 됩니다. 바로 이 세상에서 말입니다. 그런데 6차원 세계를 점으로 만들고 다시 선으로 나타내게 되면……."

"7차원이로군!"

시디스가 말을 이어갔다.

"면이 되면 8차원, 다시 공간이 되면 9차원입니다. 10차원이 되면 다시 9차원 밖에서 간섭할 수 있게 됩니다. 만약 이 가정이 모두 들어맞는 게 되면……."

"우리 우주의 시공간을 관장하고 무한대에 이르는 경우의 수를 관장함과 동시에, 우리 우주를 포함한 무한대에 이르는 우주의 모든 시간과 공간과 평행 세계마저도 관장할 수 있는 존재가 있을 수 있단 말인가……?"

"예. 교수님."

"그럴 리가… 절대 그럴 리가 없어… 그렇다는 이야기는 이 세상이 신 자체가 아니라 신이라는 존재가 있을 수 있다는 말이지 않는가? 설마 그 신이 원하는 대로 세상을 바꿀 수 있다는 이야기인가?"

"그런 가정을 세울 수도 있습니다."

"나는 그것을 용납할 수가 없네……."

"하지만 시공간의 존재를 확인하고 차원 이론에 적용하게 되면 가정할 수 있는 가설입니다. 그 가설이 맞든지 안 맞든지, 우리가 현실을 받아들이든 안 받아들이든, 실재는 변하지 않습니다. 조선에서 우리가 시공간과 차원에 관한 연구를 하기로 한 이상 이제 방향을 정하고 수식을 찾아야 한다고 생각합니다."

"……."

"수식을 세워야 증명할 수 있습니다."

시디스의 이야기를 듣고 아인슈타인이 눈을 감았다.

유대교 랍비인 골드스타인이라는 사람이 자신에게 전화로 질문했던 것을 기억했다.

골드스타인은 신을 부정한 아인슈타인을 마음에 들어 하지 않았다.

'당신은 신을 믿습니까? 50단어로 답해 주십시오.'

'나는 존재하는 모든 것을 법칙으로 세워 조화를 보임으로써 존재를 나타내는 스피노자의 신은 믿지만, 인류의 운명과 행동에 관여하는 신은 믿지 않습니다.'

그리고 서신을 부쳤던 것도 기억했다.

운명과 행동에 관여하는 신을 믿기에는 우주가 너무나도 아름답다는 이야기로 편지를 채웠다.

그런 행동을 벌이고 사고했던 지난 기억이 떠올랐다.

어쩌면 자신의 판단이 틀릴 수 있다는 생각을 하게 됐다.

그 실체를 명확하게 인식하고 싶었다.

"10차원의 세상이라……."

상상해본 적 없는 세상을 꿈꾸기 시작했다.

우주를 창조하는 자의 존재를 과학으로 증명하는 것을 목표로 삼았다.

그 누구도 상상하지 못한 연구를 벌이기 시작했다.

시디스와 아인슈타인이 벌이는 연구에 대한 보고가 장성호에게 전해졌다.

보고를 받은 장성호가 과학기술부 차관에게 물었다. 그의이름은 '이원철'이었다.

"10차원에 관한 가설을 세웠다는 말입니까?"

"예, 총리대신. 4차원과 5차원에 대한 가설, 나아가 10차원에 이르는 세상에 대한 가설을 세우고 입증을 목표로 삼는다고 합니다. 듣기로 4차원에서 시간 이동을 벌일 수 있다고합니다."

"시간 이동……."

"너무 공상 같은 이야기라서 연구비만 헛되게 쓰는 것은 아닌지 의문입니다."

젊은 차관이 부정적인 반응을 보였다.

그의 말에 장성호가 생각에 잠겼고 피식 미소를 지었다가지우면서 말했다.

"가능할 것 같습니다."

"네?"

"시간 이동 말입니다. 제 생각에는 그것만큼은 가능할 것 같습니다. 그래서 만약 기술을 보유할 수 있다면 다른 나라보다 우리가 먼저 보유해야 될 겁니다."

진지한 말에 이원철이 멍한 반응을 보였다. 그를 보면서 장성호가 웃음을 터트렸다.

"농담입니다."

"아, 예… 총리대신……."

"하지만 헛된 연구는 아닐 겁니다. 그런 상상이라도 있어야 인류가 다시 도약할 수 있으니 말입니다. 마치 서양의 콜럼버스가 미주 대륙을 발견한 것처럼, 때론 공상 같은 일에도 돈을 버리듯이 투자해야 됩니다. 무엇보다 우리 학자들이 증명한 상대성이론을 조금 늦게이지만 홀로 증명한 사람이 아인슈타인 박사입니다. 그리고 시디스 박사는 미리견 최고의 천재이고 말입니다. 분명히 성과가 있을 겁니다."

"예. 총리대신. 그렇게 믿고 기다리겠습니다."

이원철이 가지고 있던 불신을 거둬들였다. 그리고 그에게 박은성에 대해서 물었다.

"과학기술부대신은 조금 전에 떠났습니까?"

"예. 총리대신."

"늦은 밤에 소련의 수도인 모스크바에 도착하겠군요."

"소련 지도부에서 친히 맞이하러 나오는 것으로 압니다."

"나름 예우는 해줘서 다행입니다. 당분간 수고해주셔야겠습니다. 과학기술부대신이 오기 전까지 힘써주기 바랍니다."

"최선을 다하겠습니다."

박은성이 없는 동안 그를 대리하기로 했다.

이원철에게 과학기술부를 맡기고 소련으로 향한 박은성이 무사히 돌아오기만을 소망했다.

그러면서 조선으로 올 소련 학자들을 맞이할 준비를 했다.

학부대신을 맡은 '조만식'에게 연락해 예우에 빈틈이 없도록 지시를 내렸다.

그리고 밤에 김포 공항에 특별기 한 기가 착륙했다.

활주로 위에 착륙한 특별기는 이내 속력을 줄여서 유도로로 빠졌고 미리 대기하고 있던 계단차들이 붙어서 열린 문을 통해 승객을 내리게 할 준비를 했다.

잠시 후 안에서 사람들이 내리기 시작했다.

먼저 승무원 한명이 내려서 계단 차의 상태와 발판 등을 확인하고 안의 승객들을 밖으로 안내했다.

안에서 고집스럽게 생긴 백인들이 천천히 모습을 드러냈다.

그들은 소련의 학자들로 오직 공산 철학으로 무장한 자들이었다.

오만한 시선으로 주위를 돌아보는 이가 있었다.

그가 뒤에서 따라오는 학자들에게 눈짓을 줬다.

'부르주아의 세상이다. 여기의 모든 것들이 좋아 보이지만 노동자들의 피값으로 얻은 것들이야. 우리가 타고 온 고려의 여객기마저도 말이야. 그러니 절대 부러워하지 마라.'

'예. 위원 동지.'

공산당 인민 평의회의 위원이기도 했지만 모스크바 대학교에서 학생들을 상대로 건설을 가르치는 교수이기도 했다.

　또한 공산 사상을 가르치고 평등의 이념을 소련 인민들에게 심는 인물이었다.

　전시에는 정치국 장교를 맡을 수 있는 자였다.

　그가 마중 나와 있던 조만식을 만나서 인사했다.

　악수하면서 러시아 말이 가능한 조선 역관의 도움을 받아서 서로를 소개했다.

　"대조선제국 학부대신 조만식입니다."

　"소비에트 사회주의 공화국 연방의 공산당 인민평의회 위원 니키타 세르게예비치 흐루쇼프요. 만나게 되어서 반갑소."

　악수를 하면서 어색한 분위기가 흘렀다.

　누가 보더라도 그것은 전쟁이었다. 전쟁을 치르기 전에 선전포고와도 같았다.

　조만식이 미소를 지으면서 흐루쇼프를 예우했다.

　"인류의 미래를 위해서 좋은 길을 찾는 것만큼 중요한 일은 없는 것 같습니다. 설령 생각이 달라도 전우라는 생각이 듭니다. 조선에서 가장 좋은 차와 숙소로 예우하겠습니다."

　"고맙소. 하지만 그 좋다는 것이 결국에 못함과 비교해서 나은 것을 말하는 것이지 않겠소. 좋은 차와 좋은 숙소는 평등한 세상만 해칠 뿐이니, 고려 인민이 주로 타는 차, 혹은 마차로 준비해 주시오. 그것을 타고 잘 수 있는 숙소에만 지내겠소."

"······."

흐루쇼프에 말에 조만식이 인상을 굳혔다.

조선 수행원들도 역관의 통역을 듣고 술렁였다.

소련 학자들과 수행원들은 의기양양한 표정을 지으면서 흐루쇼프가 조만식에게 한 방 먹였다는 생각을 했다.

그들의 분위기를 확인한 조만식은 이내 여유 있는 표정을 지었다.

"준비한 차와 숙소가 그것밖에 없어서 죄송합니다. 미리 말씀해주셨다면 그렇게 준비해드렸을 겁니다. 그래도 손님이라고 좋은 숙소와 차량을 지원해 드리려고 했는데 괜한 고생을 했군요. 다음에는 먼저 의사를 여쭙겠습니다."

비꼬듯이 말했다. 그런 조만식의 반응과 이야기를 듣고 흐루쇼프와 소련 학자들은 그가 기선 제압당한 뒤 조금이나 회복하려는 것이라 생각했다.

조만식의 말대로 준비된 것밖에 없어서 차를 타기로 했다.

"안내해 주시오."

"이쪽입니다. 아우들의 백두산이 대기 중입니다."

최고급이라 말할 수 있는 조선 최고의 차였다.

정부 관리가 백두산의 뒷문을 열어줬고 학자들과 흐루쇼프가 순서대로 차에 탑승하면서 좌석에 앉았다.

다른 학자들도 여러 대가 준비 된 백두산에 탑승했다.

문이 닫히자 차가 움직이기 시작했고, 기관음 없이 조용히 차가 달리자 이방인들이 감탄했다.

속으로 탄성을 터트리면서 이곳저곳을 살폈다.

'세상에. 천장을 가죽으로 마감하다니… 좌석도 마치 편안한 소파 같아…….'

손으로 차 안의 이곳저곳을 매만졌다.

옆에 앉은 흐루쇼프가 노려봤다.

그의 시선을 느끼고 차에서 손을 뗐다.

"죄송합니다……."

어떤 놀라운 일이 있어도 놀라면 안 됐고, 아무리 좋은 것을 보더라도 절대 좋은 것이라 생각해서는 안 됐다.

오직 부르주아가 노예로 부리는 노동자들의 피값으로 만들어진 것이라고만 생각해야 했다.

그렇게 자기 최면을 걸면서 숙소에 도착했다.

고급스런 방이 눈앞에 펼쳐졌고 영출기와 냉장고 냉방기 등의 기물을 보면서 생각에 잠겼다.

조만식이 흐루쇼프에게 편히 쉬어달라고 말했다.

"먼 길을 오시느라 고생하셨고, 또 조선에서 지내시는 동안 신체 평강을 이룰 수 있도록 숙소를 준비했습니다. 부디 편히 쉬시면서 소련과 조선의 학술 교환이 잘 이뤄지길 원합니다."

"고맙소."

"이만 가보겠습니다."

사람으로서 갖춰야 할 예의만큼은 확실하게 지켰다.

비록 기선제압과 신경전을 벌이긴 했지만 조만식에게 고맙다는 이야기를 하면서 숙소에서 머물렀다.

직원의 도움을 받으면서 방에 배치 된 기기들을 쓰는 방법을 배웠다.

여름이었기에 냉방기를 가동시켜서 시원한 바람이 나오게끔 만들었다.

흐루쇼프가 그것을 두고 신기하게 여겼고 자신에게 도움을 준 직원을 힐끔 쳐다봤다.

직원은 이번에 새로이 고용된 임시 직원으로 러시아 말에 능했다.

그것도 그럴 것이 그는 조선 정부에서 흐루쇼프와 소련 학자들을 돕기 위해서 배치한 인원이었다.

예전에 러시아 공사관에서 일했던 사람이었다. 때문에 꽤나 나이가 있는 직원이었다.

직원에게 흘리듯이 흐루쇼프가 말했다.

"이런 것을 고려에서는 귀족들만 사용하겠지……."

그의 말을 듣고 직원이 부정을 나타냈다.

"딱히 귀족만 쓸 수 있는 것은 아닙니다."

"뭐……?"

"고려에서는 보통의 백성들도 집에서 쓸 수 있습니다."

"……."

"정말로 찢어지게 가난하지 않는 이상 영출기와 냉장고, 냉방기 중에서 하나라도 없는 집은 없습니다. 뭔가 크게 착각하시는 것 같습니다."

직원의 이야기를 듣고 흐루쇼프의 눈동자가 흔들렸다.

하지만 이내 이성을 되찾았다.

"거짓말에 깜빡 속아 넘어갈 뻔했군."

"거짓말이 아닙니다."

"이렇게 귀한 것들을 누구나가 쓸 수 있다면, 그 이야기는 다른 나라들을 핍박해서 얻은 재원과 기술로 만들었다는 것이 아닌가? 그렇지 않소?"

흐루쇼프의 이야기를 듣고 직원이 피식하면서 웃었다.

그리고 차분한 말투로 그의 생각을 부정했다.

"우리가 그럴 수 있을 정도로 강해지기 전에 만든 것입니다."

"뭐… 뭐라고……?"

"영출기도 그렇고, 차도 그렇습니다. 그런 것들이 전부 약소국 시절에 서양으로부터 무시 받고 있을 때 만들어진 것인데, 고려가 어떻게 다른 나라를 핍박하면서 만들었겠습니까? 그저 잘 살아보자는 생각으로, 물건을 팔아야겠다는 생각으로 만든 겁니다. 그래서 선생님께서 혹시 잘못 보신 게 아닐까, 생각합니다."

"……."

머리가 멍해졌다가 직원에게 다시 이야기했다.

"그 이야기는 고려의 자본가가 노동자를 노예처럼 부려서……!"

흐루쇼프가 말을 끝내기도 전에 직원이 답했다.

"적절한 임금을 줬고 근로자는 그 돈을 받으면서 일했습니다. 그 돈으로 이 방에 있는 기물들을 산 것이고요."

"그래도 자본가가 많은 것을 가져가지 않소? 그것이 잘못되었다고 생각하지 않는 거요?"

"회사에서 물건을 만드는 법을 알려주고, 일터를 제공해 주는데요. 그것을 누구나가 할 수 있는 게 아니잖아요. 누구나가 할 수 있는 일을 한다면 당연히 적은 임금을 받는 게 맞고요."

"그거야말로 노예 같은 삶이지 않소?"

"노예 같은 삶이 아니죠. 먹고 사는 데에 지장이 없고, 사치까지 부리진 못하지만, 먹고 사는 데에 지장이 없고, 옷도 살 수 있고, 집도 살 수 있으니까요. 노예라면 그것조차 할 수 없다는 것을 잘 아시잖아요."

직원은 차분하게 자신의 의견을 말했다.

"그리고 뭔가 부러운 게 있어서 돈을 더 벌고 싶다면 좀 더 열심히 일하고 좋은 성과를 내면 된다고 생각합니다. 고려는 좋은 결과를 이룬 만큼 더 좋은 열매를 얻게 해줄 수 있는 나라니까요. 그것만큼 좋은 게 또 어디에 있을까요? 좋은 결과를 내고도 보상을 못 받는 게 더 억울할 것 같아요."

"……."

"덕분에 아라사에서 오신 분과 오랜만에 이야기하게 되네요. 감사를 드리고 이곳에서 푹 쉬시기 바랍니다. 혹시라도 문제가 있거나 필요한 게 있으시면 여기의 단추를 눌러주시기 바랍니다. 이만 물러나겠습니다. 선생님."

할 일을 하고 직원이 흐루쇼프를 향해 머리 숙이며 인사했다.

그가 나가기 전까지 질문과 대답을 주고받으면서 흐루쇼프는 직원이 하는 말에 제대로 반박할 수 없었다.

생각의 관점이 너무나도 다르다고 생각했다.

조선인을 대표하는 직원의 이야기는 경쟁을 당연히 여기고 재산의 사유 또한 당연하다고 말하는 이야기였다.

그를 두고 흐루쇼프가 판단을 내렸다.

"반동의 사상에 완전히 물들었군……."

그저 판단을 내리고 생각만 하는 것이 아니라, 마치 논리에서 패한 모습을 보인 것 같아 화가 치밀어 올랐다.

한동안 분노하면서 이를 강하게 물었다.

주먹에 힘을 주고서 부들부들 떨다가 침대에 앉아서 직원과 주고받았던 이야기를 곱씹었다. 그러다가 짐을 풀고, 인생에서 가장 잠 못 드는 밤을 보냈다.

조선에 만연해 있는 경쟁과 불평등 사상을 어떻게 깨버릴지에 대해서 고민했다.

그날 밤, 모스크바 비행장에서도 한양에서 이륙한 특별기가 도착했다.

* * *

내전을 치를 때 유럽 나라들이 백군을 무기로 지원했다. 무기 중에는 하늘을 나는 전투기도 있었다.

이후 적군이 승리하면서 그 전투기들이 모두 획득되면서 소련군 나름대로 전투기를 운용할 수 있게 되었다.

육군항공부대가 창설되면서 비행장이 건설됐다.

그 비행장 위로 큰 천마 여객기 한 기가 착륙했다.

김포에서 이륙한 특별기가 도착하면서 안에서 박은성과 조선 학자들이 하차했다.

소련에서 준비한 사다리 같은 계단을 타고 내려와서 유도로 위에 섰다. 그의 앞으로 치체린이 다가왔다.

"만나게 되어서 반갑소. 나는 소비에트 사회주의 공화국 연방의 외무인민위원인 게오르기 바실리예비치 치체린이오. 공산과 평등의 나라에 온 것을 환영하오."

"대조선제국 과학기술부대신 박은성입니다. 만나게 되어서 반갑습니다."

조선 역관이 통역을 돕는 가운데 두 사람이 악수를 하고 반가워했다. 박은성을 보면서 그를 공산주의에 물들일 생각을 했다. 치체린이 속으로 미소를 짓는 가운데 그를 숙소로 안내하고자 했다.

소련에서도 직접 생산되는 차가 있었다.

"먼 길을 오시느라 피곤할 것이라 생각하오. 숙소로 안내해줄 테니 따라 오시오."

"예."

인사치레 없이 담백하게 말하고 걸음을 옮겼다.

미리 대기하고 있던 차의 문이 열리고 안에 박은성과 학자들이 저마다의 차에 탑승했다. 차에 타서 소련의 제조 실력이 어느 정도인지 확인했다.

기관에서 나는 소리는 요란했고 삐걱거리는 소리를 들으면서 그들의 수준을 판단했다. 그리고 고급 가죽과 천으로 마감된 실내를 보면서 나름 고급차라고 주장하고 싶은 소련 지도부의 마음을 확인했다.

숙소에 도착해서 안내를 받았고 방에 들어서 천장을 수놓는 샹들리에를 봤다. 바닥에는 무늬가 아름다운 대리석이 깔려 있었고 벽에는 금칠이 된 방을 보면서 눈이 번쩍 뜨였다. 함께 온 치체린이 박은성에게 말했다.

"소비에트의 진정한 모습을 보여주기 위해서 인민들의 집안 풍경과 같은 숙소를 택했소. 어떻소?"

"인민들의 집안 풍경과 같다고요?"

"그렇소. 그래서 불편하더라도 편히 지낼 수 있길 원하오. 이틀 동안은 푹 쉬고, 그 후에 차근차근 일정을 밟도록 하시오. 우리 공산당 지도부에서 도와주겠소."

"알겠습니다."

"쉬시오. 이만 가보겠소."

숙소로 안내해 준 치체린이 방에서 나갔다.

그가 나간 후 박은성은 고개를 가로저으면서 기막힌 반응을 나타냈다.

"불편한데 편히 지내라는 말은 말이야 방귀야?"

치체린의 말이 어이가 없다고 생각했다. 그리고 방안을 보면서 제대로 감상에 빠져들었다.

대리석을 만져보고 융단의 부드러움을 느꼈다.

침실의 침대는 세상의 그 어떤 침대보다도 편안했다.

지팡이를 옆에다 두고 누우면서 생각했다.

'잠은 편히 이룰 수 있겠군.'

적어도 불편하게 지낼 것 같지는 않다고 생각했다.

한동안 누워 있다가 짐을 풀고 제대로 옷을 갈아입고 쉬면서 시차를 맞추기 시작했다.

그렇게 소련에서의 시간을 보냈다.

며칠 뒤 모스크바 대학교 학생들을 상대로 하는 토론회가 열렸다. 강의와 토론을 준비한 박은성이 지팡이를 짚으며 강단 위에 서서 강연을 시작했다. 치체린이 강연을 지켜보고 있었고 학생들이 노려보고 있었다.

"소련에서는 평등의 가치를 우선시하기에 경쟁에 대해서 어떻게 여기는지 궁금하기도 합니다. 조선은 분명히 경쟁으로 진보를 이끌어내는 나라며, 그것을 통해 식민 지배를 받을 뻔했던 나라에서 지금은 당당히 목소리를 낼 수 있는 나라로 발전했습니다. 경쟁은 이 세상에 존재하는 중요한 요소며, 동물도 경쟁을 하고 심지어 식물도 많은 햇빛을 받기 위해 경쟁을 합니다. 다른 식물의 잎이나 가지에 생장이 절해지면 햇빛을 못 받아서 잘 자라날 수 없기 때문입니다. 그래서 인류의 진보는 연이은 경쟁으로, 승리하기 위한 노력과 발전으로 이뤄졌습니다."

박은성이 견해를 밝히자 모스크바 대학교 교수가 입을 열었다. 그의 반대되는 견해를 대학교 학생들이 주목하면서 들었다.

"인간은 동식물과 다릅니다. 사고할 수 있기에 여러 방법을 찾을 수 있고, 모든 인류가 평등하게 이기고 발전해야 합니다. 그것이 바로 공산주의입니다."

학생들이 속으로 맞다고 생각하면서 감탄했다.

그에 맞서서 박은성이 피식하면서 미소를 드러냈다.

계속해서 견해를 주고받았다.

"평등하게 이긴다는 논리는 성립이 되지 않습니다. 백이 있으면 흑이 있고, 빛이 있으면 어둠이 있습니다. 마찬가지로 승자가 있으면 패자가 있습니다. 패자가 있어야 승자가 있습니다. 이것이 세상 진리며, 이 진리에서 시선을 돌리는 행위는 잘못된 겁니다."

곧바로 반격을 받았다.

"그렇다고 경쟁의 논리를 세우면 그야말로 패자를 버리게 되는 것이 아니오. 인류 진보를 승자가 이끄는 것인데 이용 가치가 없는 패자들은 어찌되는 것이오? 그저 승자의 노예 밖에 되지 않는 것이지 않소? 그것이야말로 부르주아의 세상이지 않소?"

그리고 재 반격했다.

"그러하기에 배려가 필요합니다."

"배려?"

"경쟁에서 이겼지만 패자에게 다시 도전할 수 있는 기회를 주는 배려가 말입니다. 함께 세상을 살아가는 전우, 동력자라는 인식을 가질 수 있고, 교육으로 충분히 가능하게 만들 수 있습니다."

"제도가 아니기에 강제되지 않는 배려는 결국, 인간의 이기심 때문에 지워지게 될 거요. 그러니 그것은 잘못 된 판단이오."

대학교 교수의 말에 학생들 사이에서 탄성이 일어났다.

그 모습을 지켜보던 치체린이 진한 미소를 지었다.

'이겼군!'

박은성이 모스크바 대학교 교수들에게 밀리고 있다고 생각했다. 그런 생각을 하면서 박은성을 쳐다봤다.

조금 굳은 인상을 취했다가 이내 미소를 짓는 그의 모습을 봤다.

치체린의 미간이 좁아지고 다시 박은성이 소련인들에게 말했다. 조선에서 벌이고 있는 정책을 알려줬다.

"배려를 제도화시킬 수도 있습니다."

"뭐라고 말이오?"

"기업과 국민의 대다수를 이루는 노동자간의 합의를 통해서 적절한 수준의 최저임금제를 택해서 상대적 박탈감을 줄일 수 있습니다. 또한 일조차 할 수 없는 극빈층과 장애 가정을 위해서 정부에서 기초 수급 정책을 할 수 있고 그런 가정의 아이들에게 선별적 무상급식, 무상교육, 교재 지원과 교육 지원을 할 수 있습니다. 또한 장학금을 지원해서 아이들이 보다 나은 삶을 이룰 수 있도록 도전할 수 있는 기회를 줄 수 있습니다. 조선에서는 노력으로 성취를 이룬 사람이 받는 대가를 최대한 줄이지 않고 국민 전부에게 무엇이든지 도전할 수 있는 기회의 평등을 부여하고 있습니다."

"……."

배려를 제도화시켰다는 말에 대학교 교수가 침묵했다.

큰 강의실에 앉아 있던 학생들이 술렁이면서 서로 이야기했다.

"무상급식, 무상보육이라니…? 그러면 우리와 같은 공산주의 아냐……?"

"나는 부르주아 나라인 고려가… 사람을 도구처럼 여기는 나라라고 생각했는데……."

"능력 없는 빈민을 그렇게 챙길 수 있다니……."

사람을 승자와 패자로 나누고, 패자를 챙기는 제도가 조선에 있다는 사실에 놀라워했다.

그 모습에 치체린이 인상을 찌푸렸다. 그의 눈동자 안에 조금 당황한 교수들의 모습이 들어왔다.

질문을 했던 교수가 황급히 물었다.

"부르주아가 그런 제도를 생각했다는 것이 믿어지지 않소. 정말로 말로만 말하는 것이 아니라, 조선에 그런 제도가 있고 시행하고 있는 것이오?"

교수의 물음에 박은성이 진한 미소를 지었다. 그가 입을 열자 강의실 안에서 탄성이 일어나기 시작했다.

* * *

정 반대의 분위기가 조선의 성균관에서 일어나고 있었다. 흐루쇼프가 성균관 학생들을 상대하면서 공산주의에 대한 강연을 벌였다. 강연은 전쟁이었고 사상 교육을 이룰 수 있는 좋은 자리였다.

기축통화국으로 자본주의에 정점에 서 있는 조선에서 공산주의와 평등주의를 알리고 계급투쟁을 통한 혁명의 씨앗을 흐루쇼프가 심으려고 했다.

그는 공산주의가 세상에서 가장 완벽하고 이상적인 이념이라고 생각했다. 그랬기에 다른 이념을 가진 상대와 논쟁을 벌여서 절대 패하지 않을 것이라고 생각해 왔다.

그랬던 믿음이 성균관 학생들을 향한 강연에서 무너지고 있었다. 학생들이 배려를 언급하고 그것을 실천할 수 있는 제도를 말하자 말문이 막혔다. 한참동안 빈틈을 찾다가 궁색하게 질문을 던진 학생에게 물었다.

"그런 제도가 정말로 고려에서 지켜진단 말이오?"

통역을 듣고 학생이 대답했다.

"지켜집니다."

"뭘 증거로?"

"바로 제가 증거입니다."

자신을 두고 제도가 바르게 시행되는 증거라는 말에 흐루쇼프가 기막힌 표정을 지었다.

강연을 벌이는 큰 강의실에는 조만식과 조선 학부 관리들이 뒤에서 지켜보고 있었다.

시간을 낸 부총리인 이시영도 함께 지켜보고 있었다.

다시 학생이 자신을 가리키면서 말했다.

"저희 집은 3대에 걸쳐서 빈민 가정이라 말할 수 있는 집안이었습니다. 세 끼니를 마음 놓고 먹을 수가 없었고, 아버지께서도 신체에 장애가 있으셔서 제대로 일하실 수 없었으니까요. 그래서 어머니께서 일하러 가실 수밖에 없었습니다."

"여자가 일을 한단 말이오……?"

"예. 적어도 고려에서는 여성이 직장을 가질 수 있고 노력해서 결과를 보이면 더 좋은 직장과 직책을 가질 수 있습니다. 잠시 이야기가 샜는데, 덕분에 저희 집은 언제나 부족하게 살았습니다. 다른 가정이나 사람들과 비교하면 언제나 박탈감을 느꼈습니다. 그런데 나라에서 무상 급식 지원을 해줬고, 무상 교육 지원, 교재 지원을 해줬습니다. 그렇게 공부해서 조선 최고의 교육 기관인 이곳 성균관 생도가 되었습니다."

자신의 이야기를 담담하게 털어놓는 학생의 표정은 확신으로 가득 차 있었다.

"학교를 다닐 때에 학비를 내야 하지만, 저희 집안이 어려운 관계로 나라에서 세금으로 장학금을 지원해주고 있습니다. 제가 노력하지 않아서 낙제점을 받는 경우만 아니라면 나라의 지원 덕에 좋은 대학교를 졸업할 수 있습니다. 이런 일이 조선에서는 당연한 일이고, 그 일을 만민이 당연하게 생각해 주시기에 저는 그저 감사할 따름입니다. 그리고 제가 생각하기에 공산주의에서 절대 평등하지 않는 것이 있습니다."

"무엇을 말이오?"

"바로 기회 평등입니다. 저를 증거로 삼음으로 말미암아 조선은 분명히 도전 기회가 평등한 나라입니다. 하지만 공산주의에서는 어떻습니까? 모든 것을 평등하게 나눠야 하기에, 정부에서 모든 것을 통제해야 되고, 사회주의 통제가 이

192

뤄질 수밖에 없겠지요. 그래서 직장도 정부에서 강제로 부여하고, 직책도 강제로 주어지는 방식입니다. 그러면 대체 도전할 수 있는 기회는 어디에 있습니까?"

"그런 기회는 필요하지 않소. 알아서 평등하게 주어지기 때문이오."

"그것이 문제인 겁니다."

"뭐요?"

"사람마다 원하는 직업이 있고, 직책이 있는데, 정부의 통제대로 원하는 직업과 직책을 얻게 되었다면, 그걸 두고 거저 주어진 기회를 얻고 이룬 것이 아닙니까? 그러면 해당 직업과 직책을 원하는 다른 사람은 어떻게 되는 겁니까? 도전할 수 있는 기회조차도 없는 것입니다. 이렇게 되면 공산주의는 절대 완벽한 평등이 아닙니다. 완벽하게 평등해야 할 공산주의와 평등주의가, 기회 평등에 관해서는 철저하게 불평등인 것입니다."

"……?!"

"그것을 두고 안 좋게 표현할 수 있는 단어들이 너무나도 많습니다."

"……"

빈민 가정에서 성장한 한 학생의 이야기에 흐루쇼프가 입을 다물었다. 그와 함께 단상의 뒤쪽 탁자에 앉아 있던 다른 소련 학자들이 인상을 썼다.

그리고 서로 수군거리면서 학생의 논리에 어떻게 대응해야 되냐고 서로 물었다.

방어벽이 세워지기 전에 학생이 다시 공세를 펼쳤다.

"이런 부분들 때문에 공산주의는 공정하지 않습니다. 좋은 결과를 일궈낸 사람의 대가도 평등이라는 논리에 의해 안 좋은 결과를 낸 사람에게 대가가 동등해질 때까지 내어줘야 하기 때문입니다. 그 때문에 성과를 낸 사람들을 중심으로 절망감과 불만이 일어날 수밖에 없습니다. 공적을 기록하면 당연히 보상이 따릅니다. 그런데 이것이 경쟁의 시작점이라는 것을 알고 계신지 여쭙고 싶습니다. 보상의 존재는 그 본질이 곧 경쟁을 허락하는 것이며 공적을 기반으로 한 승진은 공산주의를 부정하는 것입니다. 잘라놓고 말해서 불평등이지요. 이에 대해서 선생님께서는 어떻게 생각하시는지 알고 싶습니다."

"……."

학생의 질문에 흐루쇼프가 침묵했다.

교수도 아니고, 정치위원도 아닌, 조선의 일개 학생의 물음에 제대로 대답할 수 없었다.

무척 힘든 표정을 짓다가 겨우 입을 뗐다.

"내 생각은……."

대답하려다가 대답이 나오지 않는 것을 느꼈다.

어떤 말로 대답해도 궁지에 몰릴 것이라는 생각이 들었다.

때문에 전장을 바꾸고자 했다.

"그렇다면 나에게 질문한 성균관 학생에게 묻겠소. 학생은 불평등을 감수하고 치열한 경쟁을 벌이겠다는 것이오? 공산주의를 택하면 거저 주어지는 것이 있음에도?"

흐루쇼프의 물음에 학생이 대답했다.

"경쟁이야말로 인간의 진면목입니다. 앞서 말씀드린 바와 같이 경쟁으로써 벌어지는 문제점은 배려에 관한 교육과 인식 개선, 사회보장제도로 고칠 수 있습니다. 때문에 우리 후대는 더욱 진보한 미래와 큰 풍요를 이룬 세상에서 도전의 기회를 평등하게 가지고, 공정 경쟁으로 성과의 대가를 얻어야 한다고 생각합니다. 그래야 성취의 보람을 느끼면서 살아갈 테니 말입니다. 그것이 바로 공정주의를 기반으로 한, 배려를 지향하는 사회만이 이룰 수 있습니다. 저는 그런 사회가 옳다고 생각합니다."

"……."

다시 입이 무거워졌다.

더 이상 그 학생에게 반문할 수 없었고 생각의 흐름을 다른 방향으로 돌릴 수도 없었다.

흐루쇼프와 소련 학자들이 승리할 수 있다는 믿음이 뿌리째 흔들렸다.

그때 질문과 답을 주고받던 학생이 재차 말했다.

"결정적으로 사람의 경쟁을 막지 못하는 유일한 요소가 하나 있어서 공산주의는 불가능합니다."

흐루쇼프가 물었다.

"그것이 무엇이오?"

대답을 들었다.

"그것은……."

학생이 입을 열자 그곳에 있던 모든 사람들이 감탄하며 부정하지 못했다.

그것과 똑같은 일이 모스크바 대학교에서도 일어나고 있었다. 박은성과 조선 학자들이 하는 이야기에 대학교 강의실에 있던 모든 학생들이 침묵했다.

그리고 조선인 학자들에게 맞서던 모스크바 대학교의 교수들도 완전히 침묵했다. 강연을 지켜보던 치체린이 조용한 말로 다급히 지시를 내렸다.

"쉬는 시간이 되면 강연을 끝내게……."

"예. 위원 동지."

그리고 불안한 표정으로 엄지손톱을 물어뜯으면서 박은성의 강연을 지켜봤다. 그가 쏟아내는 이야기들 하나하나가 공산 사상으로 무장된 이들에게는 강력한 폭탄과 같았다. 박은성이 거침없이 말하고 있었다.

"경쟁이 잘못되었을까요? 절대 아닙니다. 생존을 위해서 우리는 더 나음을 찾아야 하고 그것을 택해야 합니다.

그것은 잘못된 것이 아닌, 거부할 수 없는 인류의 진리입니다.

만약 나은 것이 있음에도 반대로 행동한다면 그것은 분명히 어리석은 행동이 될 겁니다. 진보가 아닌 퇴보이기 때문이죠. 그래서 우리는 언제나 경쟁에서 이기기를 원하고 노력해야 합니다. 공정한 경쟁으로 이긴 승자는 승리를 누릴 자격이 있으며 그 승리를 존중해줘야 합니다. 그러나 승자가 패자를 핍박하는 것은 정말로 악한 것이기에, 조선에서 지향하는 배려는 그러한 악을 다스리는 것입니다.

우리는 악을 없애는 것이 아니라 다스려야 합니다.

만약 악을 없앨 수 있는 유일한 해결책이 있다면 그 해결책은 인류의 완전한 절멸만이 남을 것입니다.

공정경쟁과 배려는 인류의 악함에서 시선을 돌리지 않는 정정당당함입니다. 평등이라는 말은 우리의 정체성에서 시선을 돌리는 말입니다."

학생들에게 이야기하고 이어 모스크바 대학교 교수들에게 말했다.

"공산주의에서는 모든 것을 공동 생산하고 공동 배급합니다. 맞습니까?"

"그… 그렇소……."

"무엇을 위한 것이었습니까? 평등을 위한 것이 맞겠지요?"

"맞소."

"그래서 소련에서는 심지어 모든 직책에 남녀 한 자리씩 만든 것이고요."

"그렇소……."

진짜 질문이 뒤에 감춰져 있었다.

박은성이 뜸들이면서 교수들에게 말하자 그와 대결을 벌이던 교수들은 크게 긴장하기 시작했다.

은성이 그들에게 다시 폭탄을 떨어트렸다.

"평등으로 경쟁을 대체하고 분란을 지우겠다는 것인데, 어째서 그것에 대해서는 평등을 논하지 않습니까?"

"무엇을 말이오?"

"사랑에 대해서 말입니다."

"사… 사랑……?"

"남자가 여자를 사랑하고, 여자가 남자를 사랑하는 사랑 말입니다. 만약 그 사랑이 1 대 1이 아니라 2 대 1이 되고 경쟁이 벌어지게 되면 어떻게 되는 겁니까? 남자 한명을 두고 여자 여럿이 싸우고, 여자 한명을 두고 남자 여럿이 싸우는 것을 공산주의로 어떻게 해결하겠습니까?"

"그… 그것은……!"

"단언컨대 누군가에 대한 사랑만큼 경쟁이 처절하게 벌어지는 경우도 없습니다. 원하는 연인, 원하는 배우자를 얻기 위해서, 사랑하는 사람을 위하는 마음 자체가 경쟁을 부릅니다. 이 부분이 해결되지 않는 한, 공산주의는 사람에게 적용할 수 없는 사상입니다."

"……!"

이어 학생들에게 말했다.

"좋아하는 사람이 있습니까? 짝사랑이라도 사랑하는 사람이 있습니까? 그 사람 외에 다른 사람이라도 괜찮다고 생각한 적이 있습니까? 공산 혁명을 위해서라면 사랑하는 사람을 포기할 각오가 되어 있습니까? 사회주의 정부에서 지정해준 배우자를 강제로 사랑할 수 있습니까?"

"……."

"그렇게 할지 말지는 여러분의 선택에 달려 있습니다."

박은성의 말에 학생들이 크게 술렁였다. 이야기를 듣고 놀란 교수들이 벌떡 일어서면서 소리쳤다.

"지금 반동이 되라고 선동하는 것이오?!"

박은성이 웃으면서 말했다.

"이것이 바로 학술 교환 아닙니까? 소련의 사상적 가치가 나은지, 조선의 사상적 가치가 나은지 이야기해보자고 양국의 학자가 모스크바와 한양으로 향한 것이지 않습니까? 나은 게 무엇인지 이야기해보고 함께 미래로 나아가는 것이 아니었습니까?"

"큭……!"

"어차피 제가 할 이야기는 다 한 것 같습니다. 그리고 이제 쉬는 시간도 되었고 말입니다. 휴식 시간 후에 찬반투표를 해보는 것도 나쁘진 않을 것 같습니다."

마치 집안에 호랑이를 들인 느낌이었다.

그 호랑이를 당장 총으로 쏴 죽이고 싶은 마음이었다.

그러나 정말로 그랬다간 어떤 일이 벌어질지 알고 있었다. 조선의 군사력은 세계 제일이었고 박은성을 죽일 경우 정말로 전쟁이 일어나게 될 거라고 치체린이 생각했다. 군사적 대결이 아닌 사상 대결로 조선을 이길 수 있다고 판단한 것이 오판이었다.

사상은 완벽하지만 인간이 완벽하지 못하다고 생각했다. 원망의 시선으로 모스크바 대학교의 교수들을 봤다.

쉬는 시간에 학생들이 작은 목소리로 이야기했다.

"공산주의를 위해서라면 한 여자를 두고 두 남자가 좋아한다면 몸을 쪼개야 하는 건가?"

"무슨 말도 안 되는 이야기를 해? 어떻게든 가능한 방법을 찾아야지. 다른 여자 한명을 붙여주면 될 것 같아."

"아니, 붙여줘도 그 여자에게는 관심이 없을 걸? 좋아하는 사람을 두고 어떻게 쉽게 다른 사람을 좋아할 수 있겠어? 바람둥이가 않고서는 말이야. 우리는 이 문제를 반드시 해결해야 해."

혁명으로 단단하게 쌓아올렸던 사상이 깨지고 있었다.

권력이나 자본에 대한 욕심이 아닌, 사람 그 자체와 사랑에 대한 갈구가 평등의 존엄적 위엄을 무너뜨리고 있었다. 치체린이 지켜보는 가운데 쉬는 시간이 끝났고, 단상 위에 박은성이 오르지 않음에 학생들이 어리둥절했다.

"어⋯⋯?"

단상 위에 오른 모스크바 대학교의 교수가 말했다.

"특별 강연이 끝났습니다. 이제부터 정규 강의가 시작될 테니 각자 강의실로 가기 바랍니다."

"⋯⋯?"

혼란 중에 학생들이 어수선한 분위기를 보였다.

뒤에서 팔짱을 끼고 있던 치체린이 크게 소리쳤다.

"강연이 끝났다고 하잖아! 당장 안 나가?! 시키는 대로 하지 않으면 반동분자로 처벌할 것이다!"

"⋯⋯!"

그의 외침에 학생들이 아우성 쳤다.

삽시간에 종이와 필기구를 챙겨서 가방 안에 넣었고 강연이 이뤄지던 큰 강의실에서 썰물처럼 빠져나가기 시작했다.

그 모습을 보면서 치체린이 이를 갈았다.

"어떻게 이런 일이……."

내상이 너무나도 컸다. 은성과 조선에서 온 학자들을 공산 사상으로 물들이려는 계획이 좌초되고 오히려 조선의 사상에 물들 판이었다.

그가 함께 있던 비밀경찰에게 지시를 내렸다.

"더 이상 고려 놈들이 우리 인민과 접촉해서는 안 돼. 돌아갈 때까지 숙소에 가둬서 어디로 가지 못하도록 만들게. 잘못하면 우리가 큰일 날 수 있어."

"예. 위원 동지."

신속히 명령해서 은성을 소련 학생과 교수들로부터 분리시켰다.

그리고 은성과 조선 학자들은 떠밀리다시피 강제로 차에 탑승해 숙소로 돌아가서 방에 갇히게 됐다.

은성에게 소련 경찰들이 말했다.

"안전을 지켜줄 테니 돌아갈 때까지 여기서 머물라. 만약, 이 문 밖으로 나가려고 한다면 그땐 정말로 좋은 꼴을 못 보게 될 거야."

경고를 전하고 문 앞에 보초를 세웠다. 그 모습을 보면서 은성이 속으로 미소를 지었다.

'겁에 질렸군.'

강의실에 함께 있었던 치체린과 공산당 당원들을 기억

했다.

자신이 열변을 토해내는 동안 그들의 썩어 들어가던 표정들을 기억했다.

공산주의와 평등을 앞세우는 이념에 어떤 문제가 있는지를 알고 있었다.

그것을 소련의 중심에서 철저히 까발렸다.

함께 온 학자 중 한 사람이 말했다.

"이걸로 소련에 균열이 일어날 것 같습니다."

박은성이 말했다.

"이제 시작이지. 그리고 현실에 직면하게 되면 그 균열은 더욱 커질 거야. 평등을 위한 발버둥이 결국 불평등을 낳고 불공정을 일으킬 테니까. 공산주의는 인간이 어떤 존재인지조차 제대로 파악하지 않고 성급하게 세운 이념이야."

조선으로 돌아갈 때까지 억류됐다. 그리고 돌아갈 때까지 은성과 학자들은 창문 밖으로 보이는 모스크바 시내의 모습을 눈에 담고 확실히 기억했다. 소련이 가진 문제점을 알고 그 문제점으로 파고들려고 했다.

며칠 뒤 모스크바에서 특별기가 이륙했고 김포 공항에서도 특별기가 이륙할 준비를 했다.

소련 밖에서 흐루쇼프와 학자들이 많은 것을 경험했다.

불온의 씨앗을 제거하다

"이렇게나 많은 모양과 색깔이 있는 거요?"

"그럼요. 그리고 용도가 달라요."

"용도가 다르다니, 어떻게 말이오?"

"이 신은 일상 운동, 이 신은 뜀뛰기용, 이 신은 그냥 일상화, 그리고 농구화, 축구화, 부녀자와 아녀자들이 원하는 운동화, 이렇게 여러 용도가 정해져 있습니다. 때문에 고객님께서는 필요한 신을 원하는 용도, 원하는 모양과 색깔, 크기로 사시면 돼요."

"……."

"혹시 구매하실 건가요?"

조선의 유명 운동화 의류 업체 매장인 나인기 매장이었다.

한양의 백화점에서 역관의 도움을 받아 흐루쇼프가 소련 학자들과 함께 조선의 경제 상태를 확인했다.

그가 조선의 운동화 가격을 확인했다.

"5원이라……."

함께 온 학자에게 조선인들이 받는 임금을 물었다.

"고려 노동자들의 일급이 얼마라고 했지?"

"대략 2원 50전 정도라고 들었습니다. 월급으로 80원을 받는다고 들었습니다."

"80원 월급에 신 한 켤레 값이 5원… 이것은……."

가격을 비교하면서 생각에 잠겼다.

그리고 노동자의 월급으로도 얼마든지 신을 살 수 있다는 생각이 들었다.

옷과 음식, 그 외의 많은 것들도 돈을 모으기만 하면 살 수 없는 것이 아무 것도 없었다.

더 많은 이익을 내기 위해 기업이 높은 가격으로 물건을 팔 것이라고 예상했다.

그러나 그 예상이 완전히 깨져 버렸다.

"어떻게 이렇게 물건이 싼 거요?"

그를 돕는 역관에게 직접 물었다. 그러자 역관이 자신이 아는 선에서 대답했다.

"고려에는 이런 물건을 파는 회사가 한두 곳이 아닙니다."

"한두 곳이 아니다?"

"예. 그래서 회사들 간에 물건을 팔기 위해선 값을 낮추고 더 우수한 물건을 만들어야 합니다. 그래야 그쪽으로 사람들이 몰립니다. 모양조차도 좋아야 합니다."

"그렇게 되면 결국 기업이 궁지에 몰리게 되는 것이 아닌가."

"그럴 수도 있습니다."

"기업이 궁지에 몰리면, 결국 노동자의 숨통을 조이지 않겠소? 그래야 이익을 거둘 수 있으니까."

공산주의의 우수함을 찾으려고 했다. 그러나 역관의 대답에 가로 막혔다.

"당연히 직원들의 월급도 줄 수 있습니다. 하지만 법으로 최저임금이 지정되어 있어서 그 아래로 떨어질 수 없습니다. 회사 사정이 나아지면 다시 상여금이 분배되면서 회사의 이익이 직원들에게도 돌아갑니다."

답변을 듣고 고개를 끄덕였다. 그리고 다시 물었다.

"만약, 자본가들 사이에서 담합을 하게 되면 어찌 되는 거요?"

이내 대답을 들었다.

"공정할지 모르지만 경쟁이 아닙니다. 때문에 우리나라의 가치와 전혀 다르고 국민들에게 피해를 주는 일이라서 금지하고 있습니다. 담합을 벌이다 걸리게 될 경우 강하게 처벌받습니다."

"만약, 출혈 경쟁으로 회사가 망하게 되면?"

"정부에서 정해둔 조치에 따라 회생 절차나 구제를 받습니다. 그리고 완전히 파산하게 될 경우, 임직원들이 최소한 인간다운 삶을 살 수 있도록, 다시 도전하는 삶을 살 수 있도록 나라에서 지원해 줍니다. 그것을 위해 여러 보장 제도가 구축되어 있습니다."

"……."

"우리는 공정 경쟁을 기본으로 삼고 보완 정책들을 마련하고 있습니다."

성균관에서 들었던 학생들의 이야기가 귓속에서 맴돌았다.

'경쟁이야말로 인간의 진면목입니다. 앞서 말씀드린 바와 같이 경쟁으로써 벌어지는 문제점은 배려에 관한 교육과 인식 개선, 사회보장제도로 고칠 수 있습니다. 때문에 우리 후대는 더욱 진보한 미래와 큰 풍요를 이룬 세상에서 도전의 기회를 평등하게 가지고, 공정 경쟁으로 성과의 대가를 얻어야 한다고 생각합니다. 그래야 성취의 보람을 느끼면서 살아갈 테니 말입니다. 그것이 바로 공정주의를 기반으로 한, 배려를 지향하는 사회만이 이룰 수 있습니다. 저는 그런 사회가 옳다고 생각합니다.'

배려의 실체를 눈으로 보고 싶었다.

학생이 자신을 두고 증거라고 말하는 증언이 아닌, 직접 눈으로 살피고 싶었다.

그가 빠르게 걸음을 옮겼다.

"어디로 가십니까?"

"고려의 빈민을 보고 싶소. 어떻게 사는지 말이오. 이 나라에서 말하는 배려가 무엇인지 알고 싶소."

역관에게 말해 빈민이 사는 곳을 가고 싶다고 말했다.

그리고 안내를 받아서 백화점에서 나와 한양 외곽에 위치한 빈민가에 도착하게 됐다.

강폭을 넓히는 공사가 진행 중인 경강 너머에 위치한 마을이었다.

그 마을의 집들은 하나같이 콘크리트 집으로 지어져 있었다.

그것을 보고 흐루쇼프가 충격에 빠졌다.

"이것이 고려 빈민들의 집이오?"

조만식이 함께 하고 있었다. 그가 흐루쇼프에게 빈민을 위한 정책이 이뤄지고 있는 사실을 알려줬다.

그것은 평등이 아닌 배려였다.

"기존의 집은 나무판자집이나 흙으로 벽을 빗어서 만든 초가집이었습니다. 하지만 집의 수명이 짧고 무너질 수 있기에 최소한 30년 이상 살 수 있는 연립주택을 짓고 안에서 우리 백성들이 살 수 있도록 만들었습니다. 극빈층은 무료로 저 집에서 살 수 있고, 소득 하위 2할 가량에 위치한 가정은 월 5원을 납부하면 살 수 있습니다. 그리고 소득분위 5할에 위치한 가정은 15원을 납부하면 살 수 있습니다. 상위 5할 이내에 위치한 가정은 국가연립 주택에서 지낼 수 없습니다."

"알아서 좋은 집에 살 수 있기 때문이오?"

"맞습니다. 그런 선택권을 존중해야 됩니다. 그리고 빈민도 그런 선택권이 있기에 풍요를 꿈꿀 수 있는 겁니다. 누구나 풍요를 원하기에 함께 전진합니다.”

조만식의 이야기를 듣고 연립주택을 말없이 쳐다봤다. 그리고 걸음을 옮겼다.

아무 가정에나 들어가서 조선 빈민의 삶이 어떠한지 살피고자 했다.

한 가정의 양해를 받아서 안을 살폈다.

‘맙소사, 이게 고려의 빈민이라고?!’

식은땀을 흘리면서 냉장고와 영출기를 봤다.

분명히 백화점에서 파는 냉장고와 영출기보다 수준이 떨어지는 것이었지만 그 풍요는 소련에서는 절대 쉽게 경험할 수 없는 것이었다.

함께 집에 들어온 학자들이 감탄했다.

“우리는 이렇게 살지 못하지……?”

“거짓말 같아… 빈민이 이 정도로 잘 살 리 없어…….”

“이게 진짜라면 우린 여태 뭘 한 거지…? 이건 뭔가 잘못됐어…….”

술렁임이 일어났다. 눈으로 보고 있는 것들이 쉽게 믿어지지 않았다.

흐루쇼프와 소련 학자들, 조선인 관리들의 방문에 거실이라 불리는 큰 방에서 아이 둘과 어미 한명이 서서 지켜보고 있었다.

그녀에게 흐루쇼프가 역관의 통역을 빌려서 물었다.

“혹시, 이 집에 아버지는 없소?”

짐작하면서 물었고 흐루쇼프의 생각이 맞았다.

"공사장에서 일하다가 사고로 죽었습니다."

"생활이 어렵지는 않았소?"

"매우 어려웠습니다. 그래서 집안일만 볼 수 없어서 음식 가게에 나가 식탁을 닦는 일을 하고 설거지를 하는 일을 했었습니다. 지금은 그래도 그때보다 낫습니다."

여인의 이야기를 듣고 고개를 돌렸다.

그때 작은 책상 위에 놓여 있는 책을 발견했다.

책의 제목은 '회계 3급'이었고, 그것을 통해 여인이 회계사가 되기 위해 준비 중이라는 것을 알게 됐다.

그녀가 그렇게 할 수 있도록 조선에서 지원하고 있었다.

"아이들을 먹여 살릴 수 있는 직업을 택하고 싶었습니다. 그래서 관청에 그럴 수 있는 직업이 무엇이 있는지 문의했고 여러 직업들 중에 회계사라는 직업이 제가 잘할 수 있는 직업이라고 판단했습니다. 집에서 늘 가계부를 써왔으니까요. 그 책은 관청에서 제게 지원해준 책입니다."

그 말을 듣고 뒤에서 소련의 학자들이 말했다.

"우리는 하라는 것만 해야 되는데……."

"강압적이지 않는 이 편이 좋은 것 같아……."

계속해서 비교가 되고 있었다.

흐루쇼프는 인상을 상당히 굳히고 집에서 나갔다.

그의 태도에 여인이 조금 당황했다.

자신이 뭔가 실수한 것은 아닌지 걱정하고 있을 때 조만식이 환히 웃으면서 목례했다.

"외국에서 오신 분들이라 놀라실 수도 있습니다. 별일 아니니 신경 쓰지 마십시오. 그리고 방문을 허락해주셔서 감사합니다."

"네……."

여인도 따라 목례했다. 그 모습을 집밖으로 나온 흐루쇼프가 열린 문을 통해서 지켜봤다.

안에서 나온 조만식이 그에게 행선지를 물었다.

"또 갈 곳이 있습니까?"

생각하던 흐루쇼프가 짧게 대답했다.

"없소……."

"그러면 숙소로 돌아갈 겁니다."

"돌아가겠소……."

"차를 곧 부르겠습니다."

"……."

조선이 어떤 나라인지 확인했다.

그리고 자본주의의 최대 약점이라 할 수 있는 빈민층의 존재를 확인했다.

그것은 곧 공산 사상의 좋은 명분이 될 일이었다.

그러나 어째서인지 속은 답답했고 시원하지 않았다.

오히려 생각이 복잡해지면서 굳건했던 믿음이 흔들리는 것을 느꼈다.

여인이 한 말이 귓속에서 맴돌고 있었다.

'아이들을 먹여 살릴 수 있는 직업을 택하고 싶었습니다.

그래서 관청에 그럴 수 있는 직업이 무엇이 있는지 문의했고 여러 직업들 중에 회계사라는 직업이 제가 잘 할 수 있는 직업이라고 판단했습니다. 집에서 늘 가계부를 써왔으니까요. 그 책은 관청에서 제게 지원해준 책입니다.'

직업을 택하는 것에 자유가 있었다. 비록 한정된 기회였지만 적어도 선택이라는 순간이 있었다.

그 사실을 알아차리며 무거운 발을 차 위에 올렸다.

좌석에 앉아서도 생각에 잠겼고 숙소로 돌아가서는 마음까지 크게 무거워졌다.

조선이 어떤 나라인지 드디어 알게 됐다.

그리고 공산 혁명이 이뤄지지 않은 세상의 끝이 어떤 세상인지 알았다.

그것을 보고 싶지 않았지만 분명히 있었다.

소련과 조선의 학자들이 반대의 나라로 향해서 강연을 벌이고 그 나라 사람들의 삶을 살폈다.

모스크바에서 조선의 특별기가 막 떠난 가운데 치체린이 트로츠키에게 와서 보고했다.

보고를 들은 트로츠키가 크게 분노했다.

"사랑을 어떻게 분배를 해?! 남녀가 결혼하는 것은 알아서 해야 되는 문제지!"

"그런데 학생들은 그렇게 생각하지 않는 것 같습니다……."

"그렇게 생각하지 않으면 어떻게 생각한단 말이오?!"

"공산주의를 위한 사회주의이니… 남녀의 결혼을 어떻게 평등하게 이룰 것인지, 당에서 통제해서 남녀 한명씩 짝을 이뤄줘야 한다고 해결책을…….."

"그것은 맞는 말이군!"

"하지만 여자 한명을 두고 남자가 서로 차지하려고 할 때는 어떻게 평등하게 분배를 해야 할지 각론을 벌이고 있습니다. 그러면서 고려의 장관이 그 문제를 공산주의로는 해결하지 못할 거라고 이야기했습니다."

"그러면 무엇으로 해결한단 말이오?!"

"공정 경쟁과 배려라고 했습니다."

"공정 경쟁과… 배려…….."

"그것만이 인간의 고칠 수 없는 본성을 이용하면서 없앨 수 없는 문제를 완화시킨다고 말했습니다… 고려인들 때문에 대학교 학생들이 엉망이 되었습니다…….."

이야기를 듣고 트로츠키가 크게 인상을 썼다.

그가 치체린에게 물었다.

"놈이 말한 반동사상에 학생과 교수들이 얼마나 동조하고 있소?"

긴장이 고조되고 있었다. 낮은 음성이 울려 퍼지면서 치체린이 질문을 받았다.

그리고 침통한 목소리로 대답했다.

"겉으로 드러나고 있지 않지만… 많이 동조하는 것 같습니다."

"균 덩어리로군! 아예 세균에 감염이 됐어! 놈을 박멸하려다가 이런 일이 벌어지다니!"

"죄송합니다. 주석 동지……."

"큭……!"

공세를 벌이려다가 도리어 역습을 당했다.

박은성과 고려 학자들을 상대로 공산 사상의 우수함을 알리고 그들을 세뇌시키려다가 논쟁에서부터 철저하게 패했다.

그들에게 소련이 잘 먹고 잘 사는 나라라는 것을 보여주려고 했지만, 그러기 이전에 박은성의 혀 때문에 일찌감치 돌려보냈다.

그리고 이제는 대학교 학생들을 두려워했다.

"반동의 씨앗을 없애야겠소."

"예……?"

"특단의 조치요! 놈의 강연을 들었던 학생과 교수들, 또 그들을 통해서 이야기를 들은 모든 자들까지 체포해서 처형해야 하오! 그렇게 해서라도 우리의 혁명을 지켜야 하오!"

트로츠키의 지시에 치체린이 다급히 말했다.

"그렇게 하시면 소비에트의 미래가 사라집니다! 사상 건설도 중요하지만 기술적 건설도 인민에게 반드시……!"

"우리 사상이 무너질 판인데, 기술 발전 따위가 무슨 소용인가?!"

"주석 동지……!"

"사상으로 세워진 나라가 사상이 무너지면 온전할 것이라고 보시오?! 차라리 놈들과 전쟁을 치르면서 망하는 것이 낫소! 그러면 적어도 사상 대결로 패한 것이 아니니까! 인민에 의해 우리 혁명이 엎어지는 것은 절대로 없어야 하오!"

트로츠키의 말에 치체린이 입술을 질끈 물었다.

그리고 그가 하는 말을 결코 부정할 수 없었다.

트로츠키가 썩은 살을 도려내는 심정으로 말했다.

"군사평의회 주석을 부르겠소. 지시는 내가 내리오."

"예. 주석동지……."

트로츠키가 전화 수화기를 들었다.

프룬제에게 연락해서 반동을 소탕하라는 명령을 내렸다.

수화기를 내리자 밖에서 난리가 일어났다.

화기로 무장한 적군 장병들이 모스크바 대학교를 포위하고 난입했다.

수업에 열중하던 학생들이 당황했다.

"갑자기 왜 군인들이……?"

"뭔가 큰일이라도 난 건가?"

창문 앞에 모여서 웅성거리는 학생들과, 밖에서 쉬다가 적군이 뛰어다니는 것을 보는 학생들이 있었다.

이내 건물에 진입한 병력이 학생들과 교수들을 끌고 나오는 것을 보게 됐다.

그것을 보고 학생들이 놀랐다.

"뭐야? 왜 끌고 가는 거지?"

"무슨 잘못이라도 저지른 건가?"

한 적군 장교가 와서 학생들에게 물었다.

"며칠 전에 고려인들의 강연을 들은 적이 있나?"

"예……?"

"어서 대답해! 반동으로 몰려서 처벌받기 전에!"

착검 된 총검이 날카롭게 보였다. 적군 장교의 서슬 퍼런 외침에 솔직하게 답했다.

"드… 들었어요."

"여기다! 이놈들도 체포해!"

"도… 동지?!"

장교의 외침에 병사가 급히 달려왔고, 그들은 은성의 강연을 들었던 학생과 교수, 심지어 그들로부터 강연의 내용을 들은 사람들까지 모조리 체포해서 압송했다.

그중에 부당함을 호소하는 교수도 있었다.

"내가 누군 줄 아는가?! 바로 당 위원이란 말일세! 그런 내게 감히 반동이라 말할 수……!"

탕!

"컥……!"

총성이 일면서 은성과 맞섰던 교수가 쓰러졌다.

그 모습을 보면서 적군을 제외한 모든 사람들이 얼어붙었다.

'지금 대체 무슨 일이 일어나고 있는 거야……?'

눈앞에서 벌어지는 일이 믿어지지 않았다.

총성이 울려 퍼지고 나서야 심각한 일이 발생되었다는 것을 알았다.

무엇이 원인인지 알 수 없었다. 그저 조선인 학자의 강연을 들었다는 공통점만 알게 되었을 뿐이었다.

공산주의 외에 다른 사상과 접했다는 사실이 사지로 몰고 있었다. 그리고 그것이 큰 잘못이라는 것을 알았다.

"사… 살려주세요!"

"닥쳐! 조용히 해!"

퍽!

"으윽!"

울고 불며 애원을 해도 소용이 없었다.

그렇게 모스크바 대학교 학생 중에 반 이상이 체포되었고 공산 사상을 가르치는 교수들 중에 상당수가 끌려갔다.

어수선한 분위기 속에서 대학교에 휴교령이 내려졌다.

모스크바의 상황이 조선에 보고됐다.

"과학기술부대신의 강연을 들은 학생들과 교수들이 체포되어 압송됐단 말인가?"

"예. 총리대신."

"뭔가 굉장히 두려움을 느낀 듯하군."

"그럴 수밖에 없을 것이라고 생각합니다. 과학기술부 대신께서 강연에서 공산주의 학자들을 상대로 박살을 내버렸으니 말입니다. 강연도 도중에 중단되었다고 하니, 정말로 심각하게 생각한 듯합니다. 그리고 학생들과 교수들을 처형한다고 합니다."

"처형이라……."

"반동으로 몰아서 우리가 내세운 가치의 중요성을 지우려는 듯합니다."

공정함과 배려의 가치가 공산주의와 평등주의를 심각하게

위협하는 요소로 인식한 듯했다. 때문에 그것이 존재한다는 것을 아예 알 수 없도록 만들려 하는 것이라고 생각했다.

안타까움이 일어나면서 깊은 한숨이 일어났다.

"괜한 사람들의 목숨만 잃게 되는군. 과학기술부대신은 이 일을 모르겠지."

"모를 겁니다. 한양에 도착해야 알게 될 겁니다."

종현이 보고했고 장성호가 고개를 끄덕였다.

그리고 흐루쇼프에 대한 것을 물었다.

"흐루쇼프와 소련의 학자들은 어떠한가?"

"조선에 와서 보고 느낀 게 많은 것 같습니다."

"아직도 공산주의와 평등이 우수한 것이라고 여기는가?"

"겉으로는 그렇게 표현할 것이라고 보지만 속은 아니라고 생각합니다. 그들이 가고자 하는 한양 곳곳을 살폈고 국가 연립주택에서 거주하는 빈민층의 삶을 살피고 놀란 상태입니다. 적어도 여기서 보고 들은 것을 소련으로 돌아가서 말할 수 있습니다."

"그럴 수 있다면 다행이겠지. 도착하자마자 체포되어서 죽지 않는다면 말이야. 지금 소련이 우리와 접촉한 사람들을 경계하고 있으니, 흐루쇼프가 돌아가면 반동이라는 소릴 들을 수 있네. 그리고 입을 열기 전에 처형시켜서 막아 버리겠지. 그래서 어쩌면 기회일 수도 있네."

"어떤 기회를 말입니까?"

"우리 편이 되어줄 수 있는 기회. 그리고 공산주의가 잘못된 사상이라는 것을 소련 주민들에게 알릴 수 있는 기회. 마지막으로 소련 주민들이 반공의 기치를 들었을 때 흐루쇼프가 중심이 되어 트로츠키에게 맞설 수 있는 기회. 그런 그림을 미리 준비해야 되네."

장성호의 이야기를 듣고 종현이 이해했다.

즉시 자신이 할 일을 찾았다.

"침투한 요원들에게 특명을 내리겠습니다."

"구하거든 절대 조선으로 데리고 와서는 안 되네. 그가 오게 되면, 우리 뜻으로 소련을 무너뜨린 것으로 보이게 되네. 철저하게 소련 주민들에 의해서 공산 정권이 무너져야 하네."

"예. 총리대신."

모스크바의 상황을 보고 앞으로 펼쳐지게 될 일들을 예상했다.

종현이 소련에 침투해 있는 요원들에게 지시를 전했다.

* * *

흐루쇼프가 김포 공항에서 특별기를 타고 모스크바로 향했다.

하늘을 나는 동안 창문 밖을 보면서 생각에 잠겼다.

'사람마다 원하는 직업이 있고, 직책이 있는데, 정부의 통제대로 원하는 직업과 직책을 얻게 되었다면, 그걸 두고 거저 주어진 기회를 얻고 이룬 것이 아닙니까? 그러면 해당 직업과 직책을 원하는 다른 사람은 어떻게 되는 겁니까? 도전할 수 있는 기회조차도 없는 것입니다. 이렇게 되면 공산주의는 절대 완벽한 평등이 아닙니다. 완벽하게 평등해야 할 공산주의와 평등주의가, 기회 평등에 관해서는 철저하게 불평등인 것입니다.'

  평등을 추구한 결과가 불평등을 낳는다는 고려 학생의 이야기에 반박할 수 없었다.
  그런 기억을 떠올리면서 모스크바에 도착할 때까지 쪽잠을 자지도 못했다.
  피곤한 상태로 모스크바에 도착했고 착륙한 특별기의 문이 열리자마자 활주로로 내려와 마중 나와 있던 공산당 위원들과 경찰들을 만났다.
  치체린과 프룬제가 미리 나와 있었다.
  "흐루쇼프 위원."
  "주석 동지."
  "고려엔 잘 다녀왔소?"
  "예. 무사히 잘 다녀왔습니다."
  "그래서인지 얼굴이 무척 좋아 보이오."
  "보기엔 그럴지 모르지만 가서 매우 고생했습니다. 적지에서 편히 있을 사람은 아무도 없을 겁니다. 어쨌든 무사히 돌아와서 다행이라 생각합니다."
  환한 미소로 두 사람을 대하려고 했다.
  그러나 어째서인지 마중 나온 모든 사람들의 표정이 굳어 있었다.

곁에 있던 경찰들이 험악하게 보였다.

아니, 경찰이 아닌 적군 장병들이었다.

그것을 보고 흐루쇼프가 이상한 기분을 느꼈다.

그때 프룬제가 명령을 내렸다.

"체포하라."

"예! 주석 동지!"

적군 장병들이 와서 자신과 학자들을 체포하려 함에 흐루쇼프가 당황했다.

"뭡니까?! 어… 어째서 이러는 겁니까?!"

"반동에 동조한 죄로 체포하겠소."

"예?!"

"반동에 동조해 우리 혁명을 전도시키려한 죄의 책임을 묻겠소. 공산 혁명의 완성을 위해서 처벌을 달게 받으시오."

"……?!"

프룬제의 이야기에 흐루쇼프가 기막혀 했다. 머릿속의 이성이 싹 날아갈 지경이었다.

그의 팔을 붙든 적군 장병들이 끌고 가기 시작했다.

"놓아라! 저는 무고합니다! 주석 동지!"

프룬제와 치체린에게 애원했다.

그러나 두 사람은 차가운 시선으로 흐루쇼프를 노려볼 뿐이었다.

뭔가 잘못되었다는 생각을 하면서 대기하고 있던 감옥 같은 차량에 갇혔다.

함께 조선에 다녀온 학자들이 당황과 불안 속에서 장병들에게 붙들려 차에 탑승했다.

그들의 손과 몸에 포승줄이 매어진 것을 봤다.

그리고 차가 움직이기 시작했다. 이동하는 동안 흐루쇼프는 멍한 느낌을 받았다.

"무슨 일이야… 대체……."

기막혀도 그렇게 기막힐 수 없었다.

불안이 엄습하면서 온몸이 떨리기 시작했다.

그리고 차가 멈춰 섰다. 뒷문이 열리면서 장병들에 의해 강제로 하차되었고 숲으로 둘러싸인 공터에서 그와 학자들이 줄줄이 내려와 중앙에 서게 됐다.

적군 장교가 흐루쇼프와 학자들에게 말했다.

"무릎 꿇어!"

"뭐……?"

"어서!"

"……?!"

무릎 꿇으라는 이야기에 학자들이 벌벌 떨었다.

"우… 우리는 잘못이 없소… 제발… 살려……."

탕!

"헉!"

서서 애원하던 학자가 가슴에 총을 맞고 쓰러졌다.

피를 토해내면서 괴로워했고 흐루쇼프와 학자들에게 총구가 조준됐다. 그로 인해 모든 것이 끝났다는 생각이 들었다. 장병들이 시키는 대로 해서 무릎을 꿇은 것이 아니라 좌절하고 절망하면서 무릎을 꿇었다.

학자들이 눈물을 흘리면서 스스로를 돌아봤다.

"정말 잘못한 게 없는데……."

"흐흑……."

무릎을 꿇은 흐루쇼프가 눈을 감았다. 그들의 뒤로 적군 장교가 향했다. 권총집에서 권총을 꺼내는 소리가 들렸다. '철컥' 하면서 노리쇠가 당겨지는 소리가 들렸다.

바로 그때였다.

퍽!

"음……?!"

푸푹! 푹!

"커헉!"

권총을 쥐고 있던 장교의 머리가 터졌다. 주위를 경계하던 적군 병사들이 어딘가에서 날아오는 총탄을 맞고 쓰러졌다. 총성이 들리지 않았다.

자세를 낮춘 병사들이 크게 당황했다.

"어디야?! 대체?!"

퍽!

"유리!"

푸푹!

"커헉!"

머리와 흉부, 치명적인 곳으로 총탄이 날아들었다.

그로 인해 처형장의 땅에 핏물과 뇌수가 함께 고였다.

눈앞에서 벌어진 일이 믿어지지 않았다.

눈을 감고 생을 마감하는 순간을 기다렸던 흐루쇼프와 학자들은 떨리는 시선으로 앞에 펼쳐진 광경을 보았다.

자신들을 죽이려던 모든 적군 장병들이 죽었다.

심지어 차를 지키고 있던 운전수도 죽었다.

어둠 속에서 아지랑이가 피어올랐다.

"유… 유령?!"

"유령이 아니야…! 이… 이것은……!"

"헉?! 맙소사?!"

마치 아지랑이 같은 천이었다. 그 천이 벗겨지자 달빛 아래에서 사람이 모습을 드러냈다. 그들은 군인이었다. 손에 총이 들려 있었는데 총은 절대 소련군의 것이 아니었다. 흐루쇼프가 그들의 정체를 직감했다.

"고려군이로군……!"

그의 말에 학자들이 놀라서 쳐다봤다. 앞에서 한 군인이 러시아말로 말했다. 그 군인은 갑작스레 나타난 조선군 지휘관의 이야기를 통역해주고 있었다.

김상옥이 흐루쇼프에게 말했다.

"대조선제국 특임대와 정보국이오. 흐루쇼프 위원과 학자들을 구하러 왔소. 포박을 풀어줄 테니 지금부터 우리의 통제에 따라주기 바라오."

처음 보는 조선군이었다. 무엇보다 투명 망토 같은 것으로 완전히 은폐를 벌인 충격이 어마어마했다. 학자들은 벌벌 떨면서 대원들의 손길을 가만히 허락했고 흐루쇼프는 식은땀을 흘리면서 처음으로 조선의 정예군과 얼굴을 마주했다. 잠시 후 포박이 풀리고 자리에서 일어났다.

일어나면서 자신들의 소속을 알린 자에게 물었다.

"고려가… 어째서 우릴 구한 것이오?"

흐루쇼프의 물음에 김상옥이 적군의 시신들을 보면서 말했다.

"인류를 구하기 위함이오."

"인류를 구한다고……?"

"그 안에 소련 인민들이 포함되어 있소. 여기 있는 사람들을 구한 것이 곧 소련 인민을 구하는 것이오. 그러니 따라 오시오. 차를 타고 탈출하겠소."

김상옥의 말이 이해되지 않았다. 흐루쇼프가 움직이지 않았다.

"우릴 살려서 인류를 구한다고 소비에트 인민을 구한다니, 그 무슨 말도 안 되는 이유요?"

"모스크바 대학교 학생들과 교수들이 숙청당한 사실을 아는가?"

"뭐… 뭐라고……?"

"학술 교환이라는 명목으로 그쪽이 조선으로 왔을 때, 우리 쪽 학자들도 소련으로 향했소. 그리고 똑같이 강연을 벌이고 질문을 받고 답변을 했지. 그때 강연을 들었던 모든 사람들이 처형당한 거요. 심지어 강연에 관한 이야기를 들은 자들까지."

"그… 그럴 리가……."

"믿지 힘들겠지만 현실은 현실이오. 그리고 이제는 그쪽을 숙청하려 하고 있소."

"우린 잘못한 게 없는데……."

"이유는 나중에 찾고 일단 살고 보시오. 피한 후에 무엇이 문제인지를 알려주겠소. 조만간 적군이 들이닥칠 거요."

"……."

악몽을 꾸는 것 같았다. 어째서 자신이 숙청의 대상이 됐는지, 반동으로 불리게 됐는지 알 수 없었다. 그저 살기 위해서 앞에 보이는 조선 군인들을 따를 수밖에 없었다. 김상옥과 대원들이 이끄는 대로 학자들과 함께 차에 탑승했다. 그리고 처형장에서 탈출했다.

최대한 멀리 벗어나서 은신했다.

30분 뒤, 사형 집행에 나선 군인들이 돌아오지 않음에 그것을 이상하게 여긴 적군 장병들이 와서 처형장에 들어섰다. 그리고 시신들을 보고 놀랐다.

프룬제에게 보고가 전해졌다.

"반동 놈들이 도망쳤다고?"

"예. 주석 동지. 그리고 처형에 나섰던 우리 장병들이 모두 죽었습니다. 전원이 머리 아니면 흉탄을 맞고 숨졌다 합니다."

"어떻게 이런 일이… 누가 감히 반동을 구하고 우리 장병들을 죽인단 말인가?!"

"아직 파악되지 않았습니다. 흐루쇼프와 함께 고려에 갔던 반동 강사의 시신만 있었습니다. 나머지는 차를 타고 도주한 것 같습니다. 길에 바퀴 자국이 있었습니다."

보고를 듣고 프룬제가 추적하라는 명령을 내렸다.

그리고 트로츠키의 반응을 예상했다.

"노발대발하겠군."

"그러고도 남을 것이오. 혁명을 위해서 모든 것을 거신 분이니 말이오. 부담이 되면 보고는 내가 하겠소. 주석 동지는 반동 추적에 최선을 다하시오."

치체린의 이야기를 듣고 프룬제가 고개를 끄덕였다. 그리고 도망친 흐루쇼프를 추적하는 일에 전력을 쏟기 시작했다. 프룬제 대신 치체린이 트로츠키를 만나서 대신 보고했다.

그 소식을 들은 트로츠키의 얼굴이 심히 일그러졌다.

"뭐라고 했소…? 놈이 도주했다고……?"

"예. 주석 동지."

"어떻게 놈을 놓칠 수가 있소?! 그놈의 입을 바로 막아야 하는데!"

"최대한 빠르게 추적해서 체포할 것입니다. 그러니 걱정하지 마십시오. 군사평의회 주석이 해낼 겁니다."

빠르게 체포할 것이라는 말에 트로츠키가 경고했다.

"빨리 잡아야 하오. 그리고 그 입을 막지 않으면 더 많은 반동을 제거해야 하오. 그래야 우리 혁명을 지킬 수 있소."

"예. 주석 동지."

사람보다 이념을 더 중요하게 생각했다. 공산과 평등만이 인간이 고민하는 문제에 있어서 궁극의 해결책이라고 생각했다. 그것을 믿고 치체린이 트로츠키에 동조했다.

적군의 추적이 이뤄지는 상황에서 흐루쇼프와 김상옥을 비롯한 이들은 모스크바에서 최대한 멀리 빠져나왔다.

그리고 차를 갈아타고 깊은 숲속으로 들어왔다.

그곳에 소련에 침투한 정보국 요원들과 특임대 대원들의 숨겨진 거처가 있었다. 밖에서 볼 때는 그저 수풀만이 무성하게 보일 뿐이었다. 작은 발전기를 통해 굴속의 전등이 빛을 발하고 있었다. 그곳에 이르기까지 흐루쇼프는 어째서 반동으로 몰려야 했는지 스스로를 되돌아보기 시작했다. 그때 그와 학자들이 머무는 방으로 조선군 지휘관이 모습을 드러냈다. 그는 세상에서 천군이라 불리는 이들 중 한 사람이었다.

"대조선제국 특임대 사령관 탁현 대장이오."

"소비에트 사회주의 공화국 연방 공산당 인민평의회 위원인 니키타 세르게예비치 흐루쇼프요."

"만나게 되어서 반갑소. 그리고 상황을 알려주려고 왔는데 현재 어떤 상황인지 아시오?"

통역이 가능한 대원이 대신 말해줬다. 이야기를 듣고 흐루쇼프가 학자들을 쳐다본 뒤 대답했다.

"적어도 우리 당과 인민평의회 주석 동지께서 우릴 죽이려고 하는 것은 알겠소."

"이유가 뭐라고 생각하시오?"

"잘 모르오. 누군가 모함했을 수도 있겠지. 그렇지 않고선 이런 일이 절대 발생할 수 없소."

흐루쇼프의 이야기를 듣고 탁현이 옅은 미소를 드러냈다.

그리고 품에 있던 손바닥만 한 작은 기기를 꺼냈다. 그것은 그 시대에 절대 있어서는 안 되는 물건이었다.

'엘리트폰'이라 불리는 기기가 모습을 드러냈다.

그것은 대원들이나 요원들조차 처음 보는 기물이었다.

그저 첩보를 위해 개발된 새로운 기기라고 생각했다. 탁현이 엘리트폰의 화면에 검지를 찍자 영상이 나타났다.

그 안에서 또 다른 천군이 모습을 드러냈다. 그는 박은성이었다.

[좋아하는 사람이 있습니까? 짝사랑이라도 사랑하는 사람이 있습니까? 그 사람 외에 다른 사람이라도 괜찮다고 생각한 적이 있습니까? 공산 혁명을 위해서 사랑하는 사람을 포기할 각오가 되어 있습니까? 사회주의 정부에서 지정한 배우자를 강제로 사랑할 수 있습니까? 그렇게 할지 말지는 여러분의 선택에 달려 있습니다.]

"……."

영상이 정지되었다. 그리고 탁현이 물었다.

"어떻게 생각하시오? 내가 알기로 조선에서도 이와 같은 이야기를 들은 것으로 아는데."

"……."

탁현의 물음에 흐루쇼프가 침묵했다. 그의 대답을 기다리다가 다시 탁현이 입을 열었다.

"아무래도 이 발언 때문에 모스크바 대학교의 학생과 교수들이 숙청당한 것 같소. 심지어 당신과 여기 학자들까지 말이오."

"대체 왜……."

"공산 사상에 가장 위험한 생각이니까."

"……."

"흐루쇼프 위원도 알고 있겠지만, 한 사람을 위해 모든 것을 희생하는 사랑을 절대 평등하게 나눌 수 없소. 그 사람만을 위한 사랑이 다른 이에게는 적용이 될 수 없으니까. 사랑한다고 고백했다가 깨지고 실패해서 사랑을 줄 수 없다는 상황이 인식되고 나서야 다른 사람을 생각할 수 있소. 그리고 그에 대한 사랑 또한 모든 것을 희생하는 사랑이오. 그 사랑을 어떻게 나눌 수 있겠소? 또한 어떻게 감히 공산당에서 정하는 대로 이성을 강제로 사랑하고 기계처럼 아이를 생산할 수 있겠소?"

탁현의 말은 막힘이 없었다.

"이 부분이 공산주의와 평등주의가 가진 가장 치명적인 약점이오. 사랑에 미친 사람을 절대 통제할 수 없으니까 말이오. 그래서 그것에 관해 생각을 떠올린 사람들 모두를 죽이는 것이오. 공산주의에 결함이 있다는 것을 발견해서는 안 되니까. 이미 흐루쇼프 위원도 조선에 와서 평등이라는 단어에 어떤 문제가 실려 있는지 깨달았을 것이오."

탁현이 하는 이야기를 부정할 수 없었다.

소련에서는 공산과 평등으로 이룰 수 있을 것 같았는데, 이제 생각지도 못한 장벽을 발견하고 그것보다 나은 사상이 있다는 것을 발견했다.

익숙한 것을 버리는 것은 절대 쉬운 일이 아니었다. 조선에 가서도 공산주의가 가장 뛰어난 사상이라고 계속 붙들고 있었지만 그럴수록 초라해지고 비참해지는 것을 느꼈다. 평등으로 이룰 수 없는 풍요와, 그것을 대체하는 배려와 사회보장 제도를 확인했다. 모든 사람들에게 도전의 기회가 평등하게 주어지고, 자신이 하고자 하는 것을 현실 안에서 무엇이든지 택할 수 있는 것을 확인했다.

반면에 공산과 평등주의에서는 도전의 기회가 없고 평등의 기회가 없었다. 그리고 희생과 인내로 대변되는 아름다운 사랑이 없었다. 사람을 기계로 만들어야만 공산주의를 이룰 수 있다는 생각이 들었다.

그것은 불가능한 것이었다.

그리고 그렇게 생각하기가 싫었다.

공산주의를 버리기보다 사상이 가진 문제를 어떤 식으로든지 해결하고 싶었다. 그런 마음이 들었을 때 탁현이 다시 영상 하나를 보여줬다.

[그렇게 하시면 소비에트의 미래가 사라집니다! 사상 건설도 중요하지만 기술적 건설도 인민에게 반드시……!]

[우리 사상이 무너질 판인데, 기술 발전 따위가 무슨 소용인가?!]

[주석 동지……!]

[사상으로 세워진 나라가 사상이 무너지면 온전할 것이라

고 보시오?! 차라리 놈들과 전쟁을 치르면서 망하는 것이 낫소! 그러면 적어도 사상 대결로 패한 것이 아니니까! 인민에 의해 우리 혁명이 엎어지는 것은 절대로 없어야 하오!]

"……."

영상이 정지되고 침묵이 일어났다. 흐루쇼프는 물론 함께 있던 학자들이 착잡한 모습을 보이면서 침통에 빠져 있었다. 그들과 흐루쇼프를 보면서 탁현이 물었다.

"한가지 물어볼 것이 있소."

"무엇을 말이오……?"

"소련에서 말하는 공산과 평등, 사회주의 사상은 인간을 위한 사상이오? 아니면 우리가 사상을 위한 존재요?"

"그… 그것은……."

"분명히 사람이 가진 문제 때문에 생겨났을 거라고는 생각하지만, 조선과 중국을 비롯한 동양에서는 유명한 말이 하나 있소. 주객전도라고 손님이 주인 행세를 하는 것을 뜻하는 말이오. 그것은 매우 그릇된 일이오. 절대 주객전도가 되어서는 안 되오. 그래서 다시 묻겠소. 공산 사상은 인간을 위한 사상이오? 아니면 인간이 공산 사상을 위해서 존재하는 것이오?"

탁현이 재차 묻자 흐루쇼프가 대답했다.

"사상은 사람을 위해서 존재해야 하오."

"그러면 뭐가 잘못 되었는지 알겠군."

"……."

"당분간 이곳에서 편히 쉬시오. 그리고 때가 되면 정말로 소련 인민과 인류를 위해서 힘쓰게 될 것이오. 그때까지 우리가 당신들을 지켜주겠소.”

탁현의 말에 흐루쇼프가 학자들을 보고 고개를 끄덕였다.

“알겠소…….”

“필요한 게 있으면 여기 대원에게 말해 주시오. 소련 말이 가능하니 도와줄 것이오. 그럼 이만 나가보겠소.”

토굴 속의 방 같은 곳에서 탁현이 나갔다.

그리고 흐루쇼프와 학자들을 돕는 대원만이 남았다. 탁현이 나간 후에 간이 침상 위에 학자들이 주저앉았다.

“아무 것도 반박하지 못했어.”

“우리 공산주의가 이것밖에 안 되다니…….”

꿈과 희망으로 가득 찼던 이상이 깨졌다.

자신들에게 총구가 조준된 순간부터 꿈에서 깨어났다.

그리고 그 꿈이 악몽이었다는 사실을 깨달았다.

사람을 위한 사상이 아닌, 사상을 위해 사람이 존재하게 될 경우 어떤 세상이 펼쳐지는 지를 보게 됐다.

공산주의에서 벗어나서 거기에 속한 사람들과 아닌 사람들의 세상을 관전하기 시작했다. 그 시간은 인생과 인류사에 있어서 매우 중요한 시간이었다.

세상 유일하게 남녀평등을 거의 이룬 나라가 있었다.

그 나라는 소련이었다.

그리고 그 영향이 세상에 가해지기 시작했다.

성 투쟁이 벌어지다

10년 전이었다.

조선 육군사관학교 입교 시험이 치러졌다.

육군사관학교 입교 시험은 이론과 실기에서 뛰어난 성적을 거둬야 했다.

특히 실기는 체력을 측정하는 시험이었다.

또한 절대 평가가 아닌 상대 평가로 뛰어난 실력을 갖춘 자들만이 위에서부터 순차적으로 합격할 수 있었다.

시험을 치르는 와중에 1야전군 사령관이 육군사관학교를 방문했다.

그는 남자가 아닌 여자였다.

이주현의 등장에 수험생들이 환호했다. 수험생들 또한 아녀자들이었다.

시험을 치르는 아녀자들에게 주현이 물었다.

"나라를 지키는 장교가 되고 싶나?"

"예! 장군님!"

"어떤 장교가 되고 싶나?"

"장군님처럼 나라를 지키는 여장부가 되고 싶습니다!"

"그렇게 되기 위해선 어떻게 해야 되나?"

"시험에 반드시 합격해야 됩니다!"

"목소리가 좋군! 기세가 있어서 확실히 좋아. 하지만 그것만으로 백성들을 지킬 수 없다. 전쟁은 기세로 하는 것이 아니라 전투기술과 체력, 냉철한 지혜로 치르는 것이다. 그래야 적과 싸워 이겨서 백성들을 지킬 수 있다. 수험생은 시험에 합격할 수 있다고 보나?"

"할 수 있습니다!"

"내가 볼 땐 아니라고 생각한다. 아니, 정확하게 말한다면 수험생이 시험에 합격할지 말지는 시험을 치르고 결과가 나와 봐야 알 것이다. 그러니 기를 써서 노력해 합격하라. 그것만이 수험생의 능력을 증명할 것이다."

"예! 장군님!"

한 수험생을 격려하고 시험을 준비 중인 여자 수험생들에게 주현이 크게 외쳤다.

"너희들은 남자와 똑같은 조건에서 체력 시험을 치른다! 성별을 가리지 않고 똑같이 팔굽혀펴기 횟수를 재고, 윗몸일으키기를 재고, 역도를 어깨 위에 올려서 앉았다 일어서기 횟수를 측정한다! 또한 턱걸이 횟수를 측정하고 순위대로 점수를 준다! 만약, 너희들이 그런 측정에서 남자를 이기고 합격했다고 해서 대단한 일이라 생각하지 마라! 여자는 남자를 못 이긴다? 절대 그런 것 없다! 남자는 여자에게 지지 않는다? 절대 그런 것 없다! 그런 관념 자체가 현실적이지 않기에, 얼마든지 서로가 서로를 이길 수 있고 그런 일이 일어나는 것이 당연하다! 누가 감히 당연한 일을 두고 대단한 일이라 여기는가?! 때문에 너희들은 같은 조건에서 시험을 치르고, 합격하면 제대로 된 증명과 존중을 얻을 것이다! 그리고 철저히 실력으로 선발된 합격자가 장교가 되어, 누구보다 백성을 잘 지켜줄 것이다! 이를 명심하라!"

"예! 장군님!"

"적은 전쟁에서 남녀를 가리지 않고 해친다는 것을 기억하라."

"예!"

천군이라 불리는 자들 중 한 사람이었다. 아이를 둔 여인이기도 했다.

그러나 조선 최고의 직책을 가진 자 중 한 사람이었다.

그녀는 조선군의 지휘관이 되었을 때 그녀에게 반항하는 남자 장병들을 실력으로 때려눕힌 적이 있었다.

그리고 그 누구보다 빛나는 전공을 가지고 있었다.

그야말로 실력주의의 화신이었고 그녀 덕분에 조선 남자들은 여자가 약하다는 말을 함부로 입에 담을 수 없었다.

시험이 시작되자 여기저기에서 끙끙거리는 소리가 울려 퍼졌다.

팔굽혀펴기와 윗몸일으키기, 심지어 역기를 어깨 위에 얹고 앉았다 일어서기를 반복했다.

100미터 달리기를 할 때 남녀를 가리지 않고 체력 측정을 했다.

그리고 20킬로미터 오래달리기에서 모두가 헉헉 거리면서 힘들어 했다.

그렇게 측정이 끝나고 이론 점수와 체력 점수를 합쳐서 결과를 냈다.

면접으로 걸러내는 경우는 필기와 실기 시험에서 합격한 사람에 한해 1할 정도를 걸어냈다.

합격자가 정해지고 그 결과가 이주현의 손에 쥐어졌다.

육군사관학교 총장이 명단을 넘겨서 줬다.

"여기 명단입니다."

"여자 합격자 비율은 어떻게 되지?"

"3할을 조금 넘는 것으로 확인했습니다."

"어떤 이점도 주지 않고 공정한 경쟁만으로 이 정도면 나쁘지는 않군."

"예. 여자도 충분히 실력을 발휘할 수 있다는 점이 증명됐습니다."

결과를 놓고 주현이 만족스럽게 미소 지었다.

그녀 또한 여자였고 여자도 얼마든지 할 수 있다는 것을 보여주고 싶었다.

그 전제는 오직 남녀가 동일한 조건에서 같은 수위의 항목으로 평가 받는 것이었다.

아직 남자가 여자를 무시하는 경향이 있었지만 그녀가 선봉에 있었고 새로 합격한 여자 생도들이 좋은 예가 됐다.

그녀들이 능력을 보여줄수록 남자에게서 무시받지 않을 수 있었다.

그런 도중에 제안이 들어왔다.

군부대신인 유성혁의 호출을 받아서 이야기를 들었다.

"방송국에서 토론을 준비 중인데 자네를 논객으로 초대하고 싶다더군."

"저를 말입니까?"

"그래."

"어떤 주제의 토론입니까?"

"최근에 여성 관리를 뽑고 육군사관학교 생도로 여자를 뽑아서인지 그쪽으로 관심이 많은 사람들이 있는 것 같네. 어째서 고위직에는 여전히 남자들이 주로 맡고 있느냐일세. 그래서 남성 편에 세우고자 하네."

"딱히 남자들 편은 아닙니다."

"알아. 하지만 그쪽에서 이미 여자 편과 남자 편으로 갈랐더군. 그래서 자네를 논객으로 보내고자 하네. 누구 편을 들지 말고 자네 마음껏 이야기해 보게."

"알겠습니다. 군부대신."

성혁의 제안을 받아들이고 한성 방송국에서 벌이는 토론회에 나가기로 했다.

그녀는 조선에서 명실공이 남녀 전체에서 존경을 받는 인물이었기에, 훈장이 수두룩한 군의 정복을 입고 토론회에 출연했다.

그리고 여성의 고위직 진출에 의견을 내는 자들과 이야기했다.

촬영기가 토론회를 촬영하고 있었고 그 모습이 전국의 영출기로 방송되고 있었다.

방청객들이 있었고 기자석에 앉은 기자들이 수첩에 방송내용을 기록하고 있었다.

여성의 권리를 외치는 한 여성이 쥔 주먹을 들어 보이면서 외치고 있었다.

"지금 여성의 사회 진출이 이뤄지고 있습니다. 학교에서 똑같이 교육을 받은 것을 시작으로, 이제는 성인이 되어 직장을 다니고 관직에 진출하고 있습니다. 그러나 그 비율이 겨우 2할에 불과합니다. 저는 여자와 남자의 능력 차이가 없다고 생각합니다. 마땅히 5할에 맞춰져야 하고 특히 고위직에 한해서는 법으로 그 비율이 정해져야 한다 생각합니다. 저는 그것이 의무가 되어야 한다고 생각합니다."

의견을 듣고 주현이 이맛살을 찌푸렸다.

'뭔 개소리야? 이건?'

사회자가 말했다.

"이번엔 반대의 의견을 듣도록 하겠습니다. 혹시 장군님께선 하실 말씀이 있으신지요?"

주현이 마이크를 입 앞에 가까이 했다.

"존함이 이지윤이라고 하셨나요?"

"예. 이지윤 대표입니다."

"저, 여쭙고 싶은 게 있는데 신입사원이 고위직으로 승진하는 데에 있어서 가장 필요한 전제가 무엇이라고 생각합니까?"

"저는 능력이라고 생각합니다."

"능력이라고요? 그걸 무엇으로 판단합니까?"

"시험으로 판단한다고 생각합니다."

"그건 입사 때나 중요한 평가 요소고요. 승진 시에는 시험 결과보다 더욱 중요한 요소가 있습니다. 바로 공적과 경력입니다. 관직에서건 군에서건 회사에서건, 공을 세워야 승진이 가능합니다. 그런데 이제 막 사회 진출을 한 여성이 대체 어떠한 공을 세운 겁니까?"

"지금 여성이 뭘 할 수 있냐고 성차별적인 발언을 하고 있습니다!"

"성 차별이 아니라, 공정성을 말하는 것입니다! 저는 지금 공정한 승진을 말하는 것입니다! 그런데 이지윤 대표의 의견에서 공정함은 어디에 있는 겁니까?"

"······!"

"여성이 2할만 합격했다고 말씀하셨는데, 그 안에 지난 전쟁에서 참전한 예비역의 가산점과, 목숨을 걸고 싸운 것에 대한 가산점이 있습니다. 비록 여성도 기초 군사 훈련을 받고 후방에서 나라를 위해서 싸운 것이 사실이지만, 전선에서 총탄과 포탄이 머리 위로 지나가는 곳에서 싸운 장병들과 비교할 수 없습니다. 또한 저와 마찬가지로 그렇게 활약한 여인들이 있습니다. 마찬가지로 그것에 대한 가산점을 모두 받았고 말입니다. 그런 부분을 모두 적용한 시험에서, 공정함을 논할 때 대체 어떤 문제가 있습니까?"

"……."

"한번 말해 보시기 바랍니다."

발언을 넘겼고 사람들의 시선 또한 반대편으로 향했다.

이지윤이라는 이름을 가진 젊은 여성 운동가 대표가 말했다.

"지금은 남녀가 평등하지 않습니다. 남녀가 평등하지 않기에 여성은 남성들로부터 불리하며 박탈감을 느낍니다. 때문에 공정함보다 지금은 평등을 이뤄야 합니다. 그리고 고위직에 여성들이 있어야 후배를 이끌어 줍니다."

"그 말은 즉, 선배가 없으면 후배들이 고위직에 오르지 못한다는 이야기입니까?"

"그렇습니다."

"그러면 이거는 인맥이고, 능력보다 인맥으로 승진되는 것인데 불법 아닙니까? 맞습니까?"

"그… 그것은……."

"이야기를 잘 하셔야 됩니다. 지금 대표께서 문제로 제기한 부분은 불공정에 관한 부분입니다. 그런데 불공정을 해결할 대책으로 불공정을 택하겠다는 것인데 맞습니까?"

"아… 아닙니다!"

"아니긴 뭐가 아닙니까? 인맥으로 승진을 돕겠다는 것인데요."

"통계로 내놓은 남녀의 임금 차이도 있습니다!"

"그 통계 저도 봤습니다. 아예 남자와 여자를 통째로 묶어서 나눈 뒤 임금 통계를 냈더군요. 직종의 차이, 어떤 직책을 맡은 지에 대한 차이, 노동 시간에 관한 차이도 두지 않고 말입니다. 그래서 제 쪽에서도 통계 하나를 구한 게 있는데, 소수이긴 하지만 마침 동종의 직종과 직책을 가진 남녀 표본이 있어서 임금 차이를 비교했습니다. 여기 표가 있는데 보시겠습니까? 거의 비슷하지 않습니까? 남자를 10으로 보면 여자는 8 정도 되는데요."

주현이 표를 보이자 이지윤이 움찔했다가 비웃었다.

"그래도 2 정도 낮네요."

"당연히 낮죠. 아이를 보기 위해서 그만큼의 시간이 빠진 거니까요."

"그러니까 남녀평등을 위해. 임금도 똑같이……."

"그렇게 만들기 위해서 보육을 어떻게 잘 이룰 것인 지부터 만들어야 하지 않겠습니까?"

"……."

"보육기관을 늘리고, 아니면 아이를 기르는 여성에게 나라의 미래를 밝히는 공적을 인정해서 나라에서 대신 유급휴가 명목으로 임금을 줄 수 있도록 만들든가, 그런 대책을 생각하셔야죠. 그렇게 단순하게 무조건 임금만 똑같이 달라는 말씀을 하시면, 그것을 인정해줄 수 있는 사람은 아무도 없습니다. 오히려 여성에 대한 무시만 늘어날 뿐입니다."

계속되는 주현의 반박에 이지윤이 침묵했다.

차라리 주현이 남자였으면 좋겠다는 생각을 했다.

그러면 영출기를 시청하는 여성의 공감을 이끌어내서 조선의 절반을 자신의 편으로 만들 수 있다고 생각했다.

그러나 주현은 누구보다 존경받는 여성이었다.

그녀를 노려봤고, 주현이 한숨을 쉬면서 이지윤에게 물었다.

"왜 그렇게 평등에 목숨을 거는 겁니까?"

질문을 받고 이지윤이 대답했다.

"정치적 올바름을 위해서입니다."

"정치적 올바름… 그 말을 지금 여기서 들을 줄은 몰랐네……."

"예……?"

"아, 혼잣말입니다. 참고로 그런 결과평등은 인간의 기본적인 가치가 아닙니다."

"무슨 뜻입니까?"

"언제든지 변하고, 나타났다가 사라지기를 반복할 수 있는 선택적 가치라는 겁니다. 이유는 이러합니다. 지금 이 자리에 있는 모든 사람들이 생김새가 다르고, 키도 다르고, 자라온 환경이 다릅니다. 때문에 잘할 수 있는 것, 못하는 것, 남자와 여자, 그 모든 것이 다른데 평등을 억지로 끼워 맞춘다고 그게 되겠습니까? 그래서 공정함을 최우선 가치로 두는 것이고, 절대 변하지 않는 기본적 가치로 두는 겁니다. 그리고 하나 더 묻고 싶은 것이 있습니다."

"뭐… 뭘 말입니까?"

"무엇을 위해서 삽니까?"

"갑자기 그것은 왜……."

"저는 제가 사랑하는 지아비와 자녀들을 위해서 삽니다. 가정을 지키기 위해서 삽니다. 그렇게 사는데, 남자가 여자인 저보다 더 많은 임금을 받고 높은 지위에 있다고 해서 나쁠 게 뭐가 있습니까? 그러면 저의 지아비가 더 많은 돈을 벌고, 더 높은 지위에 있는 것인데요. 그 돈과 지위가 곧 제 것이기도 하고요. 부부는 한 몸이니까 말입니다."

이야기를 듣고 이지윤이 말했다.

"그렇다는 이야기는 장군직을 그만두시고 집안일만 해도 상관없다는 이야기입니까?"

"가정을 위해서라면 상관없습니다."

"그런데 어째서 굳이 군 사령관을 하고 계신 겁니까? 당장 제대하시지 않고 말입니다."

마치 덫에 걸렸다는 듯이 이지윤이 물었다.

그녀의 물음에 주현이 피식하면서 웃었다.

"가정을 지키기 위해서입니다."

"예?"

"제 아이들을 지키고, 아이들에게 강한 나라와 밝은 미래를 물려주기 위해서입니다. 그래서 저의 뛰어난 능력으로 나라를 지키려는 것입니다. 저보다 그것을 잘할 수 있는 사람은 이 세상에서 딱 세 사람입니다."

"누… 누굴 말입니까?"

"합참의장, 군부대신, 황제 폐하. 바로 저의 직속상관이십니다. 그 외에는 현재 저보다 군 지휘를 잘하는 사람이 없습니다. 제가 군 지휘를 하는 것이 제 가정을 지킬 수 있는 최선의 길입니다."

주현의 대답을 듣고 이지윤이 침묵했다.

그런 지윤을 보면서 주현이 마지막 이야기를 전했다.

"주객을 전도시키지 마십시오. 가정과 후대를 위해서 직업이 있지, 직업을 위한 가정과 후대가 아닙니다. 그 기준을 잘못 세우면 반드시 재앙이 됩니다. 왜냐하면 직업을 위해 사랑하는 자녀도 방해가 될 수 있으니 말입니다. 그것은 사람이길 포기하는 겁니다."

영출기에서 주현이 하는 말이 울려 퍼졌다.

그녀가 토론회에 논객으로 참여해서 한 이야기는 조선 만민에 깊은 감명을 안겨 줬다.

영출기를 보는 조선의 가정에서 반응이 있었다.

"주객전도라……."

"여태 출세를 위해서 살아왔는데 그것 또한 부모님과 아이들을 위해서라는 생각이 듭니다."

"처를 위해서도 말이지… 우리가 생각하지 못한 것을 이주현 장군님께서 생각하셨어."

"여인이 출사하게 되면 어떤 이유로 출사해야 하는지를 알려주신 것 같습니다."

"꼭 여인에게 해당되는 것은 아냐. 우리 또한 마찬가지야.

어째서 나라와 황제 폐하께 충성을 바쳐야 되는지 명확한 이유를 알려주신 것 같아."

사대부 출신이라 자부하는 가문의 부자가 서로 이야기를 나눴다.

그동안 맹목적으로 국가와 군주에 대해 충성해왔던 것을 넘어서서 무엇을 위한 충성인지, 무엇을 위한 출사인지 다시 생각해보게 됐다.

그것은 가문과, 부모, 처, 자녀, 후대 번영, 그 모든 것을 위한 것이었다.

때문에 출세도 그것을 기반으로 해야 되는 것임을 알게 됐다.

출세만 이룩하는 것은 어떤 의미도 없었다.

하물며 인류의 미래를 위해서 무엇이라도 하는 것이 핏줄이라 여길 수 있는 사람들을 위한 것이었다.

실천의 방향이 달라질 수 있지만 삶의 기준을 어디에 둬야 하는지를 생각했다.

그 생각 하나가 많은 변화를 이뤄낼 것이라고 판단했다.

토론이 벌어진지 이틀이 지난 날에도 재방송으로 방영을 벌이며 만민이 알 수 있도록 만들었다.

때문에 더욱 많은 사람들이 깨우침을 얻었고, 인생에서 가족의 중요함을 깨달았다.

설령 일에 열중하더라도 가족을 위해서 하는 일이었고, 가족을 위해서 얼마든지 직업을 포기할 수 있었다.

성혁이 군부대신 집무실에서 주현을 만나 크게 칭찬했다.

"잘했어."

"아닙니다."

"어찌되었건 자네 덕분에 조선에서 여성주의가 일어나는 것을 이미 예방한 것 같네. 남자들이 나섰다면 씨알도 안 먹혔겠지."

"그랬을 수도 있을 것 같습니다."

"솔직하게 이야기하는군. 어찌되었건 할 일이 많아진 것 같아. 조선시대를 넘어서서, 뭐 지금도 조선시대이긴 하지만 이제 여성들도 활발히 사회 진출을 하게 되었으니까, 앞으로 여성 경력 문제나 보육 문제, 남자들의 시선과 인식, 그 모든 문제를 해결해야 되네."

성혁이 강조해서 말하자 주현이 콕 집어서 이야기했다.

"해결이 아니라 최소화입니다."

"그래. 최소화지."

"인간의 본성인 탐욕과 성욕에 걸쳐진 문제입니다."

"맞아. 내가 잘못 말했군. 때문에 어떻게 해결할지가 아니라 최소화시켜야 되는 문제였어. 실수할 뻔했군."

해결에 초점을 맞췄을 때는 절대 해결할 수 없는 문제였다.

하지만 억제시키고 최소화시키는 경우엔 완전히 달랐다.

그렇게 함으로써 오히려 성 대결까지 벌어졌던 문제가 완화되었던 것을 기억했다.

조선인들에게는 미래였고 천군에게는 과거였다.

선조들이 벌인 크나큰 실수를 반복하지 않고자 했다.

그러면서 필요한 조치들을 생각했다.

"이제는 총리대신께서 하시겠지. 자네와 나는 조선의 국방을 지키는 데에 전력을 다하도록 하세. 자네 말마따나 그것이 나라와 가정과 후대 번영을 위한 것이니까."

"예. 군부대신."

공이 정치인들에게 넘겨졌다.

그리고 김인석과 장성호를 비롯한 미래인들이 조선에게 찾아올 큰 재앙을 막기 시작했다.

시험을 치를 때 남녀 구분 없이 공정성과 형평성을 기하고, 의도적으로 그것을 무너뜨릴 경우 징역 3년 이상의 엄벌에 처하는 내용의 법을 마련했다.

또한 합당한 시험 결과임에도 거짓고소를 벌일 경우 2배의 형량으로 되돌려 받아서 거짓고소를 남발하지 않도록 만들었다.

남녀의 혼인과 자녀 출산에 관해서, 그것이 곧 나라의 미래를 위한 것이라는 것을 만민에게 지속적으로 교육했다.

그것을 비하하거나 비판 혹은 억제하는 행위에 대해서도 범법 수위에 따라 벌금에서 징역형까지 강한 처벌법을 마련했다.

또한 여성의 출산은 어머니인 여성의 희생이 있어야 가능한 것임을 명확히 규정을 내렸다.

그러면서 아이를 낳은 여성이 2년 휴직 후 일터에 복직했을 때, 3개월 동안 복직 훈련을 벌이고 1회 승진 시 가산점이 붙도록 법을 마련했다.

그리고 가산점 부여는 두번째 아이 출산 때까지 적용될 수 있도록 만들었다.

그것을 통해 출산 여성에 대한 인식 피해, 경력 단절로 인한 피해를 최소화시켰다.

또한 아이를 낳은 어머니에 대해서는 사회적으로 존경받을 수 있도록 인식개선을 위한 교육이 벌어졌다.

어린아이를 키우는 여성이 직장에서 마음 놓고 일할 수 있도록, 임직원 인원에 따라 회사에서 의무 보육원을 두게 했다.

또한 관청마다 보육원을 두면서 시험과 면접으로 임용된 보육교사가 아이들을 살필 수 있게 했다.

그것을 통해서 직장을 가진 여인의 출산 부담과 양육 부담을 크게 낮췄다.

또한 혼례를 치른 부부 중 아내의 수입이 많을 경우, 자녀양육을 위해서 남편이 집안일을 할 수 있음을 공익광고와 계몽 교육으로 인식을 개선해 나갔다.

가정과 자녀양육을 위해서 남녀가 어떤 일이든지 할 수 있다는 생각을 심어주기 시작했다.

그리고 남녀가 서로를 존중할 수 있도록 만들었다.

존중하지 않고 서로가 폭력을 앞세울 경우 엄벌에 처할 수 있도록 전례를 만들어나갔다.

한 범죄자에 대해 판사가 판결을 내렸다.

"피고 김운철은, 평생의 반려자로 맞이한 부인을 아끼고 사랑해야 함에도 불구하고, 상습적으로 부인인 심유연을 폭행하고 그 증거가 명백하며 증인들의 증언 또한 일치 번복되지 않기에 피고의 혐의에 대해서 유죄로 판결한다! 또한 피해자에 대한 사과에 대해서 노력하지 않고 합의시도를 하지 않은 점을 들어 법률에 따른 최고 형벌인 징역 10년 형에 처한다!"

선고를 받은 죄인인 남자가 크게 소리쳤다.

"아니, 아내가 모자라서 지아비로서 가르치겠다는 것이 어찌 유죄가 됩니까?!"

"닥쳐라!"

"……?!"

"네가 대체 무엇이기에 감히 아내를 가르친다 만다 하는 것인가?! 네놈의 부인은 네놈이 쓰러지려 할 때 유일한 버팀목이다! 그것을 어찌 모른단 말인가?!"

"…… ."

"상고를 하든, 징역형을 받아들이든, 옥사 안에서 네놈이 무엇을 잘못했는지 잘 생각해 보라!"

판사가 호통을 쳤다. 그리고 울먹이고 있는 죄인의 부인에게 말했다.

"원고는 죄인의 사과를 쉽게 받아주지 마라! 오직 진심으로 사과하고 다시는 그러지 않겠다고 다짐할 때도 사과 받기를 고민하라! 만약, 죄인의 사과에 진심이 부족하다면 즉각 이혼을 신청하라!"

"예… 재판장님……."

아내를 함부로 하면 어떻게 되는지 조선 사회에 경종을 울렸다.

동시에 남자가 여자를 상대로 희롱을 벌일 경우에도 합의 시 최소 벌금, 비 합의 시 최하 징역으로 죄인들의 죄를 다스렸다.

그리고 영악한 자들이 법을 어지럽히지 않도록 만들었다.

여성이 피고인이 된 재판에서 재판장이 판결문을 읽었다.

"피고 성현숙은 피해자인 원고가 피고를 겁간하였다는 거짓말로 무고 혐의의 죄를 저질렀으며, 그로 인해 원고의 사회적인 명예가 실추되고 직장에서 해고당하는 등의 피해를 입었기에, 그 죄가 매우 사악하고 영악하기까지 하다! 때문에 피고의 거짓증언과 고소로 인해서 원고의 혐의가 유죄 판결이 났을 경우 최고 10년의 징역형을 받을 수 있었기에, 피고에게 20년 징역형을 선고한다! 죄인은 옥사에서 형기 마감까지 반성하라!"

재판장의 판결에 피고인 여성이 울음을 터트렸다.

"재판장님! 잘못했습니다! 제발! 제발! 한번만 용서해 주십시오! 재판장님!"

"용서는 내가 아니라 피고에게 구하라! 또한 용서를 받더라도 형은 피할 수 없다! 일벌백계로 다스릴 것이다!"

"재… 재판장님…! 으윽……."

선고를 받은 젊은 여인이 실신했다.

대법원에서의 재판은 절대 물릴 수 없는 재판이었고 여인은 한 남자의 인생을 망가뜨린 죄로 꽃다운 인생을 감옥 안에서만 보내게 됐다.

그리고 재판장이 다시 판결을 내렸다.

"원고가 설령 유죄 판결을 받고 죄인이 되었다 하더라도! 판결 이전에 그를 죄인 취급하는 것은 무죄 추정의 원칙을 어긴 것이다! 따라서 명예훼손 혐의가 적용되며, 원고를 해고한 세진섬유에선 원고를 복직시킴과 동시에 금 2천원으로 보상하라! 또한 신문사를 비롯한 언론을 통해 원고의 무고함을 홍보하라!"

판결문을 듣고 원고석에 있던 남성 피해자가 눈물을 흘렸다.

그는 몇 번이나 재판장을 향해서 허리를 굽혔다.

"감사합니다! 정말, 감사합니다! 재판장님!"

그의 잃었던 명예가 돌아오기 시작했다.

동시에 판결 이전에 그가 강간범이라는 소문을 퍼트렸던 사람들이 명예훼손 혐의로 고소를 받고 처벌을 받았다.

남녀가 자신의 성을 무기로 삼지 않도록 일벌백계했고, 최종 판결 이전에 무죄 추정의 원칙을 어기는 사람들에 대해서도 명예훼손의 처벌을 내렸다.

강한 처벌로 사람들이 함부로 죄를 짓지 못하도록 만들었다.

신문을 읽으면서 김인식이 만족감을 나타냈다.

"결국에 남녀가 증오와 혐오로 갈등을 일으킨 것은 죄인들에 대한 공정한 판결이 내려지지 않았기 때문이야."

"불공정한 것이 문제라고 인식하면서 평등으로 답을 찾으려 한 것이 오답이었습니다."

"평등을 추구하려 했다면 그나마 나은 일이지. 실상은 성

별 전체를 싸잡아서 보복에 맞보복을 벌이고 우대를 찾으려
한 것이 문제였네. 그런 일이 조선에서는 절대 일어나지 않
도록 만들어야 하네."

"맞습니다. 총리대신."

김인석이 총리를 맡고 있던 시기였다.

두 사람은 여성이 관직과 기업에 진출하는 것을 미리 대비
했다.

이제 조선은 여성의 진출이 활발한 나라가 되었다.

그로 인해서 부작용이 일어나는 것도 있었다.

그들의 역사에 있었던 일이 조선에서도 일어나려고 했다.

"여성우민회라……."

"여성 계몽을 위한 단체입니다. 물론 껍데기뿐이지만 말입
니다."

"제도가 여성을 위해서 받쳐주지 못할 때는 필요하지만,
제도가 마련되었을 때는 사라져야 할 단체야. 그렇지 않으면
남성에 대한 혐오를 일으켜서 기득권을 유지하려고 할 테니
까. 여성의 출세를 위해서 결혼과 출산은 방해거리라고 주장
할 것이네."

"그래서 미리 보육과 경력단절에 대한 문제를 완화시킬 수
있도록 조치를 취했습니다. 그 외의 비하 문제나 공정하지
못한 문제에 대해서도 강한 처벌을 통해 경계를 삼도록 만들
었고 말입니다. 물론 장기적으로 문제를 풀어가는 조치입니
다."

"단기적으로도 문제를 풀어야 하네."

"예. 총리대신."

상황이 변하면 유지가 아니라 사라져야 하는 직책과 단체가 있었다.

비상 상황이 걸렸을 때 비상대책위원회가 마련되고 상황이 해제되면 동시에 위원회 또한 해체되어야 했다.

국가존망에 그림자가 드리워졌을 때 내려지는 계엄령 또한 마찬가지였다.

회사가 직원들에 대한 마땅한 권리를 보장해주지 않을 땐 노동조합이 결성되어 목소리를 높일 수 있었고, 미리 마땅한 권리를 보장받을 땐 그 필요성은 어디에도 없었다.

사라져야 할 단체가 계속 남아 있게 될 경우, 그 단체는 유지 필요성을 찾기 위해 해당 집단의 이권을 위한다는 것으로써 정체성을 돌변시킨다.

거기서부터 공정함이 무너지고 집단이기주의의 빠져들기 마련이었다.

여성의 사회 진출이 이뤄지면서 회사에서 받는 차별, 사회적인 차별을 개선해 나가려 했던 단체가 있었다.

그 단체의 이름은 '여성우민회'였다.

그들은 본디 여성에 대한 불공정 행위를 고발하는 단체였다.

그들의 노력이 더해지면서 여성에 대한 사회적 인식이 많이 개선되고 제도들도 마련되었다.

그러니 이제 그녀들에게 할 일은 없었다.

하지만 그녀들은 자신들이 있어야 하는 이유를 찾고 싶

었다.

그 이유는 정의와 불의를 가리지 않았다.

여성우민회 사옥의 대회의실에서 단상 위에 오른 여인이 크게 소리쳤다.

그녀는 여성우민회의 수장이었다.

"무고죄 법이 폐지되어야 합니다! 무고죄 처벌이 있음으로써 여성 성범죄 피해자에 대해 2차 가해가 이뤄집니다! 또한 피해자가 무고죄 처벌에 대한 두려움 때문에 신고하지 못하는 상황이 벌어집니다! 조정에 우리의 목소리를 전해야 합니다!"

"옳소!"

"피해자의 눈물이 곧 증거입니다!"

우민회에 모인 여인들이 주먹을 치켜세웠다.

피해자로 여겨졌던 성현숙이라는 여인이 무고죄로 죄인이 되면서, 이제는 피해자가 된 가해자였던 이에게 중형 선고를 외치던 여인들이 분노의 함성을 일으켰다.

그들이 원하는 것은 남성이 처벌받는 것이었다.

그녀들에겐 나름의 아픔들이 있었다.

폭력적인 아버지에게 폭행을 당하면서 자란 여인과, 심지어 어렸을 때 동구 남아들에게 희롱과 겁간을 당한 여인들도 있었다.

그녀들의 생각에 휩쓸린 여인들이 있었다.

이제는 남자는 보복과 응징의 대상이 되었고 배상을 받아내야 할 존재가 되었다.

수백명에 이르는 여인들이 가두행진을 벌이면서 목소리를 높였다.

시위를 주도한 이들은 여성우민회로, 단체를 구성한 이는 이지윤이었다.

그녀가 종로 광장의 단상 위에서 목소리를 높였다.

"그동안 얼마나 많은 기득권을 누려왔습니까?! 여인이 관직과 회사에 출사하기에 이제 세상이 평등해졌습니까?! 아닙니다! 여전히 고위직은 남자가 차지하고 있고 우리는 남자의 도구, 노예에 불과합니다! 지금까지 있었던 패악을 배상받을 때까지 단결해야 합니다!"

"옳소!"

"무고죄 고소는 성범죄 피해자에 대한 2차 가해다!"

"와아아!"

함성을 지르는 여인들을 보면서 종로 거리를 오가는 사람들이 시큰둥한 반응을 보였다.

많은 사람들이 그녀들의 외침에 동조하지 않았다.

특히 시위를 구경하는 여인들이 이야기했다.

아녀자와 부녀자가 한목소리로 비판했다.

"정말로 피해를 입은 여성의 마음은 이해가 가는데, 무고 피해를 입은 남자들은 대체 무슨 죄야?"

"말로만 여성을 위한다고 말하는데, 내가 볼 때는 공정함이 하나도 없어."

주변에서 여인들이 하는 이야기를 들었다.

그리고 시위를 벌이는 여인들이 자신들을 향해 수군거리는 부녀자들을 노려봤다.

한 여인이 악을 쓰면서 크게 외쳤다.

"대체 언제까지 집안일만 할 거야?! 평생 남자의 노예가 되어서 살아라!"

소리를 친 인상 험한 여인을 보면서 부녀자가 안타까운 마음을 드러냈다.

"쯧쯧쯧. 어쩌다 저리 괴물이 되었을꼬……."

혀를 차면서 고개를 절레절레 흔들었다.

그러나 시위를 벌이는 여인들은 자신들은 깨어 있는 신여성이라고 생각했다.

자신들이 생각하는 것이 유일한 정의라고 생각했다.

세상이 가하는 지탄은 정의에 반항하는 불의라고 생각했다.

그렇게 시위를 마치고 서로를 격려했다.

안전을 위해 출동한 경찰들 중 남자 경찰들을 향해서 그 앞의 땅에다가 침을 뱉고 분노를 표출한 후에 돌아갔다.

이지윤이 여성우민회 사옥으로 돌아와 회장실에서 시위에 참여한 이원에 대한 보고를 받았다.

보고서를 받고 이지윤이 이맛살을 찌푸렸다.

"저번보다 반이 줄었군……."

"분위기가 예전만 못한 것 같습니다."

"그야 그렇겠지. 우리가 요구했던 것들을 조정에서 들어줬으니까."

"무고죄 폐지에 대해서는 회원들 모두가 공감하는 것은 아

260

닌 것 같습니다. 그리고 회장님과 토론을 벌였던 여 장군 때문에 여성의 지지가 많이 떨어졌습니다."

"이대로 가면 우리의 필요성이 떨어지겠군."

"후원금이 계속해서 줄어들고 있습니다."

처음에는 여성우민회에 공감한 여인들이 직장에서 번 돈과 지아비의 돈을 쥐도 새도 모르게 빼서 후원했다.

그러나 조정에서 필요한 조치들이 행해지고 분노나 배상을 요구하는 것보다 가정의 사랑을 중시하게 되었다.

또한 부인에 대해 상습적인 폭언과 폭행을 일삼는 지아비들이 처벌받으면서 여인들의 분노가 크게 줄어들었다.

무엇보다 사람들 자체가 평등과 복수심보다 앞서는 가치를 인식하면서 여성우민회에 대한 후원이 크게 줄었다.

이주현과 토론을 벌였던 순간을 이지윤이 기억했다.

'성 차별이 아니라, 공정성을 말하는 것입니다! 저는 지금 공정한 승진을 말하는 것입니다! 그런데 이지윤 대표의 의견에서 공정함은 어디에 있는 겁니까?'

자신에게 주현이 했던 말을 떠올렸다.

입을 다문 채 그때의 일을 곱씹으면서 비서에게 말했다.

"공정성? 웃기는 말이지. 그동안 우리 어머니, 할머니까지 여자가 남자에게 피해를 받은 게 얼마나 많은데. 남자가 누렸던 것을 우리가 누리고 응징할 때까지 절대 멈춰선 안 돼. 무고죄를 폐지해서 여자들이 마음껏 신고할 수 있게 해야 돼. 그래야 우리가 권력을 쥘 수 있어. 그 권력으로 남자들에게 마음껏 복수를 벌이는 거야. 절대 여남이 화해하게 만들어서는 안 돼."

이지윤의 다짐이 울려 퍼졌다.

정제되지 못한 그녀의 말이 회장실에서 가득히 울려 퍼졌다.

여성우민회 회장실에는 이지윤조차 모르는 작은 구멍이 있었다.

그 안에 그녀의 모습을 촬영하는 작은 촬영기와 음성녹음기가 있었다.

이지윤의 결의가 결국 조정까지 전해졌다.

비서를 앞에 두고 이지윤이 하는 말을 김인석과 장성호가 함께 감상했다.

그리고 그녀가 한 이야기를 모두 듣고 영상을 정지시킨 상태에서 서로 이야기했다.

"마지막 발버둥이군."

"마지막이지만 막지 못하면 선조들이 겪었던 재앙을 다시 겪게 됩니다. 남녀가 다투는 것을 양분으로 삼아서 기득권을 취하는 무리들입니다."

"그땐 누구도 그것을 막지 않았지. 덕분에 결혼과 출산율이 급감했고 말이야. 출산율을 높일 정책을 내더라도 여자를 출산 기계로 보는 망동이라고 주장하는 바람에 꽤나 고생을 했지."

"100년 동안 피해를 입으면서 인구 절반이 그대로 날아갔습니다."

"그것 때문에 우리가 국력을 잃고 일본과 중국 사이에서 괴롭힘을 당했지. 당사자들은 자기 책임이라고 하겠지만, 결국 침체된 경기가 결혼과 출산율을 죽이고 극단으로 달리는 우민회 같은 여성 단체가 부관참시를 벌였지. 다시는 그런 일이 조선에서 벌어져서는 안 될 것이네."

"예. 총리대신."

"엄밀히 따지자면 이것은 내란음모에 가까워. 자신들의 권력을 위해서 남녀를 증오하게 만들어서 나라의 미래를 지우려고 하는 행동이니 말이야. 취한 영상을 언론에 공개하고 우민회에 관련된 죄인들을 모두 추포하도록 하게."

"알겠습니다."

사람에게 분노와 혐오를 불러 일으켜서 권력을 취하는 무리는 히틀러의 나치와 다를 바 없었다.

때문에 반드시 퇴치해야 하는 대상이었고 절대 용납이 되어선 안 되는 것이었다.

21세기 대한민국에서 어떤 일이 벌어졌는지를 기억하면서 재앙의 싹을 틔우는 씨앗을 걷어내려고 했다.

경찰이 여성우민회를 급습했고 우민회에 속한 여인들이 체포되어 끌려 나갔다.

이지윤이 악을 쓰면서 크게 소리를 질렀다.

"놓으시오! 우리가 무슨 잘못이 있다고!"

"내란음모 혐의요!"

"내란음모 혐의?!"

"그렇소! 무고하다면 법정에서 판결이 내려질 테니 순순히 오라를 받으시오! 그렇지 않으면 중죄인으로 즉결처분하겠소!"

"……!"

내란음모라는 말에 이지윤은 기막혀 했다.

그리고 함께 끌려가는 여성우민회 소속 여인들이 울먹였다.

오열하면서 살려달라고 말했다.

그중에 몇몇은 여자의 몸에 남자가 손댈 수 있냐고 반항하다가 곤봉을 맞았다.

모든 것을 포기하고 경찰의 압송을 따를 수밖에 없었다.

가슴속에 칼을 품고 법정에서 모든 것을 쏟아낼 준비를 했다.

'나는 탄압의 희생자다! 너희 남자들은 여자를 범하기 위한 권력을 유지하려고 나를 탄압하는 것이야! 이제 세상에 그것을 널리 알릴 것이다!'

죽기를 각오하고 이상을 실현시키려고 했다.

당당한 발걸음으로 법정에 들어섰고 품고 있던 결의의 칼을 뽑아들어 휘둘렀다.

그러나 그 칼은 단번에 부러졌다.

기자들이 방청객으로 참여한 공판에서 그녀의 모습이 담긴 영상이 공개되었다.

영상 안에서 이지윤이 비서에게 말하고 있었다.

[공정성? 웃기는 말이지. 그동안 우리 어머니, 할머니까지 여자가 남자에게 피해를 받은 게 얼마나 많은데. 남자가 누렸던 것을 우리가 누리고 응징할 때까지 절대 멈춰선 안 돼. 무고죄를 폐지해서 여자들이 마음껏 신고할 수 있게 해야 돼. 그래야 우리가 권력을 쥘 수 있어. 그 권력으로 남자들에게 마음껏 복수를 벌이는 거야. 절대 여남이 화해하게 만들어서는 안 돼.]

"……?!"

공개된 영상을 보고 온몸이 떨렸다.

방청석에 있던 백성이 지적을 하면서 크게 소리쳤다.

"뭐?! 공정성이 웃기는 말이라고?!"

"전에 토론회에 나와서도 지랄하더니, 또 저러네!"

"뭘 하든지 공정성이 없으면 시체야! 우리 어머니, 할머니가 고생한 것을 어째서 네년이 배상받고 복수를 하겠다고 해?!"

"남녀를 다투게 만들어서 권력을 취하겠다니?! 대체 어느 나라의 간자야?!"

욕설이 난무해지자 재판장이 목소리를 높였다.

"조용! 소란을 피우면 퇴장시키겠소! 방청객들은 착석하고 조용히 하시오!"

재판장의 외침에도 방청객의 소란이 쉽게 가시지 않았다. 두어번의 호통이 더 있고 나서야 겨우 조용해질 수 있었다. 방청석에 앉아 있던 한 여인이 이지윤에 대한 분노를 속으로 삼켰다.

"망할 년… 여자를 남자의 도구로 만들지 않겠다는 년이 결국 권력을 차지하려고 여자를 도구로 만든 것이잖아? 감히 우릴 가지고 놀아?"

만민의 화살이 이지윤과 우민회 여인들에게 향하고 있었다.

재판장을 맡은 판사가 피고석에 앉아 있는 이지윤을 내려다보면서 엄히 선고 결과를 내렸다.

그녀의 죄에 대한 증거는 명백했다.

"주문, 피고 이지윤은 여성에 대한 차별을 없애고 권리를 되찾는다는 미명 하에 남녀 갈등을 일으켜서 권력을 취하려 했던 바, 이는 엄연히 내란선동 혐의로 인정할 수 있다! 무엇보다 남녀가 서로 아끼고 사랑하여 혼례를 치르고, 자녀를 낳고 양육함으로써 국가의 미래를 지켜나갈 수 있는 것이기에, 피고의 혐의는 그 미래를 지우는 것으로, 장기적으로 국력을 크게 떨어트리고 국가 존망마저 위태롭게 만드는 행위라 판단할 수 있다! 또한 공정함을 요구하는 운동이 아니라 성 대결로 사회적인 보복을 유도하는 것이고 혐오를 유도하는 것이기에, 이는 공정성이 없는 선동이며 파급으로 보건대 대역죄로 귀결된다! 따라서 피고 이지윤에게 법률에 명시된 최고형인 종신형을 선고한다!"

"재… 재판장님!"

"교도관은 죄인을 압송하라!"

"재판장님! 이럴 순 없습니다! 대역죄라니요! 재판장님! 재판장님!"

절망에 빠지면서 모든 것을 내려놓고 악을 썼다.

"처 죽일 조선 남자 놈! 네놈의 자리를 언젠가 우리 여인들이 차지할 것이다!"

끌려가는 이지윤을 보면서 사람들이 경악했다.

그리고 재판장이 한숨을 쉬었다.

그녀들의 인생이 딱했지만 나라와 가정의 미래를 위해서 영원한 분리를 이룰 수밖에 없었다.

나라의 미래를 지우는 계획 자체가 큰 죄였다.

신문을 읽으면서 백성들이 크게 분노했다.

"권력을 쥐려고 남녀를 다투게 만들겠다니!"

"남녀가 다퉈서 나라의 미래가 어두워진다는 게 가능한 일인가?"

"가능하다마다! 여기 기사를 봐. 여자가 스스로를 아이 낳는 기계로 생각하고 혼례를 남자의 노예가 되는 것으로 여기는 순간 그 두가지를 거부하게 될 거라잖아. 여성우민회가 주장하는 것이 바로 그런 거야. 여자의 행복한 혼인 생활을 위해서 남자의 외모와 인성, 능력이 완벽해야 된다고 쓰여 있잖아. 그게 아니면 혼인 생활이 불행할 거라는데 이게 뭔 개떡 같은 소리야."

"인내하면서 사는 게 혼인인데……."

"인내하지 않고 불편할 것 같으면 혼례를 치르지 않는 게 정답이라니…! 정말 죄인이 한 말이지만 소름이 돋아! 이런 선동도 처음 봤어! 이런 사고가 주입되면 혼인 생활 도중에 찾아오는 잠깐의 행복도 보지 못할 거야! 이래서 나라의 미래를 지우는 거야!"

사설에 공감했고 기사를 쓴 기자의 생각에 동의했다.

그리고 죄인이 된 이지윤의 주장을 확인하면서 백성들이 고개를 절레절레 흔들었다. 강한 부정의 뜻을 나타냈다. 특히 행복한 혼인 생활을 보내는 젊은 남자는 그녀의 이야기가 진정한 행복을 가리도록 만드는 악한 세뇌라고 말했다. 신문을 읽다가 장성호가 직접 쓴 사설도 보았다.

"특무대신께서 친히 사설도 쓰셨는데?"

"어디?"

"여기 쓰여 있잖아. 남자와 여자는 서로를 시기 질투하는 것이 아니라 서로 아껴야 한다고 쓰여 있어. 더군다나 부부라면 말이야. 부군은 부인을 존중하고 경청하며 책임을 져야 한데. 부인은 부군을 존경하고 지혜로워야 한다고 쓰여 있고 말이야."

"틀린 말이 하나도 없어. 부군은 부인을 당연히 아끼고 사랑해야 돼."

"기방에 가는 양반이 할 소리는 아닌 것 같아."

"크흠! 반성하면서 이제부터라도 가지 말아야지… 어디 한번 두고 보게."

신문을 통해 백성들의 마음을 찌르는 말들을 전했다.

그리고 백성들에게 지속적으로 남녀가 화합해야 된다는 사실을 주지시켰다.

언론은 계몽을 위해 좋은 통로가 될 수 있었다.

아침에 발행된 신문이 만족스러웠다.

그리고 투옥된 이지윤에 관해서 보고받았다.

김인석이 장성호에게 물었다.

"설마 공산주의자는 아니겠지?"

정보국을 맡고 있는 장성호가 대답했다.

"아직 소련의 내전이 정리된 상태가 아닙니다. 공산 사상의 영향을 받았다기보다는, 여성의 사회 진출에 따른 변화와 그것으로 인한 부작용이라 생각합니다. 물론 공산주의에 쉽게 물들 수 있는 취약한 이념입니다."

"어떻게 볼 땐 공산 사상을 만나기 전에 생긴 문제라 다행이라는 생각이 드는군."

"평등과 인권이라는 말까지 쓰였다면, 틀림없이 조선의 미래가 어지럽게 되었을 겁니다. 우리가 알고 있는 대한민국과 마찬가지로 200년 가까이 암흑기를 맞이했을 수도 있습니다. 지금 직면하고 수습하는 게 낫습니다."

대답을 듣고 고개를 끄덕이면서 김인석이 말했다.

"앞으로가 중요하겠군."

"예. 총리대신."

"남녀 비하나 혐오가 이뤄지지 않도록 계속 조치가 필요할 것이네. 강한 처벌은 증상 완화밖에 되지 않을 테니 말이야. 근본적인 치유는 결국 교육과 계몽일 것이네."

"지속적으로 남녀가 서로 존중하고 예의를 지켜야 하는 것을 인식시킬 겁니다. 문화체육관광부와 학부 등을 통해 조정의 각 부 행정력을 총동원해야 됩니다. 그렇게 해서 백성들을 깨닫게 하고, 향후 일어날 성별 다툼에 있어서도 강한 면역을 갖추게 할 것입니다."

"옳은 성별 문화를 위해 계몽을 주도하는 새로운 기관도 필요할 것이네. 절대 여성우민회 같은 편파 집단이 힘을 쓸 수 없도록 만들어야 할 것이야."

"조정에 가족부 설치를 폐하게 건의해서 그 아래에 양성공정위원회를 두는 것이 어떠할까 합니다. 우리는 평등이 아닌 오직 공정과 배려만으로 남녀존중을 이뤄야 합니다. 그것을 통해 여성우민회의 빈자리를 빠르게 채워야 합니다."

장성호의 의견에 김인석이 동의했다. 그리고 책임자에 관해서 물었다.

"누구에게 양성공정위원회를 맡겨야 하겠는가?"

생각 끝에 장성호가 대답했다.

"떠오른 사람이 한 사람 있습니다."

"누군가?"

"그 사람은……"

장성호가 조심스레 이름을 말하자 그것을 들은 김인석의 눈썹이 움찔거렸다.

"생각해보니 그분이 고위직을 맡지 않으셨군."

"그분 역시 마땅히 고위직을 맡으셔야 합니다. 아니, 맡으실 수 있는 경력과 능력이 충분합니다. 지금 시국에 그분만큼 이 문제를 잘 다루실 수 있는 분이 없습니다. 마침 맡고 있던 직책을 내려놓는다고 합니다."

오직 한 사람만이 양성에 대해 공정한 조치와 계획을 세울 수 있었다.

나라를 잃은 역사 속에서는 평생을 독립운동을 위해 인생을 바쳤던 인물이었다.

실력을 길러 군대를 조직해 조선을 식민지배하는 일본에게 맞서야 한다는 강단과 지혜를 겸비한 인물이었다.

역사가 바뀌어도 그 성향은 그대로일 것이 분명했다.

그런 자에게 수백 년 넘게 이어갈 대업을 맡기고자 했다.

*　*　*

평양의 대성이라 불리는 초등학교가 있었다.

그곳에서 6학년 아이들이 단상 앞에 줄지어 서서 이제 곧 졸업하려고 했다.

운동장 외곽에는 아이들의 부모가 감격에 찬 모습으로 지켜보고 있었다.

단상 위로 중년의 남자가 올라와 준비한 이야기를 적은 쪽지를 앞에 놓고 아이들을 향해 말하기 시작했다.

마이크를 통해 남자의 깊은 울림이 전해졌다.

"감회가 새롭습니다. 그리고 시원섭섭합니다. 그래도 반 담임 선생님으로 아이들과 얼굴을 마주할 때는 그 미소를 앞에서 보고 또 좋은 이야기들을 전해 줄 수 있었으니까요. 하지만 지금은 학교 전체를 책임지는 교장 선생님으로서 자주 마주하지 못한 것이 아쉽습니다. 물론 그렇다고 해서 제가

하는 일이 잘못되었다고는 생각하지 않았지만, 아이들에게
많이 다가가지 못했다는 부족함을 느낍니다. 그런 마음으로
졸업하는 아이들에게 마지막 이야기를 전합니다."

마음을 가다듬고 아이들에게 말했다.

"대성초등학교를 졸업하는 졸업생 여러분. 여러분은 이제
초등학교를 졸업하고 중학생이 됩니다. 중학생 때부터 여러
분은 정말로 꿈을 이루기 위해서 전력질주할 겁니다. 중학생
과 고등학생의 6년은 금방 지나갈 것이고, 어쩌면 대학생의
4년과 군대에서의 시간도 금방 지나갈 겁니다. 그 모든 것이
끝났을 때 여러분은 노력한 만큼의 과실을 얻게 될 겁니다.

그 과실이 어떤 과실일지는 아무도 모릅니다. 맛있는 과실
일지, 맛없는 과실일지, 혹은 그 크기가 사람마다 달라질 수
있습니다.

그러나 언제나 여러분은 나라를 위한 과실을 꿈꾸고 그것
을 얻길 바랍니다.

조선을 위해 공부하며, 꿈을 품으십시오. 부모님을 공경하
고 형제와 자매를 아끼고 사랑하십시오. 그리고 차별과 부정
에 함께 맞서기 바랍니다.

졸업하는 소녀들에게 말합니다. 꿈을 가지고 그 꿈을 이룰
수 있도록 노력하십시오. 여러분은 그럴 수 있는 능력을 가
지고 있습니다. 그리고 누구도 여러분의 도전을 막지 못합니
다.

졸업하는 소년들에게 말합니다. 이제 소녀들은 여러분과

경쟁을 벌이게 됩니다. 그러나 경쟁의 존재로만 생각하지 마십시오. 경쟁의 존재로만 여기는 순간 여러분들은 정말로 큰 행복을 잊고 놓치게 될 겁니다.

저는 소녀소년들이 장성해서 함께 가정을 이루고 자녀를 양육하길 원합니다.

함께 세상의 빛과 소금이 되길 원합니다. 비록 고난과 역경이 있을지라도 그것은 곧 시련과 단련이 될 것입니다. 그것을 견뎌낸 순간 여러분 앞에 달콤한 과실이 있을 겁니다.

여러분의 졸업을 축하하며 건승을 기원합니다.

이상입니다."

"차렷! 교장 선생님께 대하여 경례!"

학생회장을 맡은 아이가 크게 외쳤다. 그러자 아이들이 단상 위에 선 교장 선생에게 허리를 굽히면서 인사했다.

인사를 받고 교장이 뒤로 물러나서 의자 위에 착석했다. 감회에 찬 시선으로 아이들을 쳐다보고 있었다.

그의 곁에서 교감이 이야기를 했다.

"정말로 교직 생활을 끝내려고 하십니까?"

"그래. 그렇게 할 것이네."

"아쉽습니다. 앞으로도 계속 교장 선생님과 함께 아이들을 가르칠 것이라고 생각했는데……."

"나 말고도 아이들을 잘 가르칠 수 있는 선생들이 있네. 그리고 교장직도 마찬가지고. 나는 이제부터 성인의 계몽을 위해서 힘쓸 것이네."

세상이 변하면서 무엇을 해야 할지에 대한 주관도 달라지게 되었다. 처음에는 서학을 배워 조선을 열강에서 구하겠다는 생각을 했다.

이후 군에 입대해서 참전을 한 후에는 학문을 어느 정도 이루고 아이들을 가르치는 선생이 되고자 했다.

그리고 선생이 된 후 가르친 아이들이 커서 나라에 이바지하고 있었다.

장성한 아이들은 회사에서 일하거나, 개인 회사를 차리거나, 관직에 나가며 나라와 후대 번영을 위해서 힘쓰고 있었다.

그렇게 차츰 미래로 나아가고 있었다.

그러니 이번에는 과거를 돌아봐야 한다는 생각을 했다.

그가 벌인 교육을 받지 못하는 사람들이 있었다.

'어찌 아이들만 좋은 교육을 받을 수 있겠는가? 마땅히 어른도 교육을 받아야 한다.'

평생 교육이라는 신념을 안고 실천에 옮기려고 했다.

그중 가장 먼저 해야 되는 일이 자신이 맡고 있는 학교의 교장직을 내려놓는 것이었다.

졸업식이 있은 후 다음 날이었다. 교장실에 들어와서 물건을 정리하면서 명패를 손으로 쓸어서 내렸다.

그때 문에서 두드리는 소리가 들렸다.

"들어오십시오."

안으로 들어오라는 허락을 전했다.

문이 열리면서 밖에서 들어오는 이가 모습을 드러내자 소스라치게 놀랄 수밖에 없었다.

그의 앞에 조선 만민이 아는 자가 서 있었다.

"특무대신……?!"

장성호가 환한 미소를 보이면서 손을 건넸다.

"갑자기 예고도 없이 찾아와서 미안합니다."

"아닙니다. 절대 그렇지 않습니다."

"어제 마지막 졸업식을 치렀다는 이야기를 들었는데 맞습니까?"

"예. 특무대신. 그리고 학부에 사직서를 제출했습니다."

"뭔가 아까운 인재를 잃는 느낌이군요. 뭔가 계획이 있어서 사직하는 것이겠죠?"

"예."

"그렇다면 다행입니다. 그리고 그동안 정말 수고하셨습니다."

"감사합니다……."

조선의 특무대신이 직접 찾아온 이유가 무엇인지 알 수 없었다. 그저 얼떨떨한 기분 속에서 눈앞에서 벌어지는 일이 현실인지 어리둥절했다.

황당과 당황을 함께 느끼면서 장성호를 보고 있었다.

교장실의 소파에 앉는 것도 장성호가 말해서야 앉을 수 있었다.

"뭔가 서 있기 불편하군요. 앉읍시다."

"아. 예. 특무대신… 죄송합니다……."

자신이 해야 할 일을 장성호가 대신함에 죄송하다는 이야기를 했다. 그리고 소파에 앉았다가 급히 교장실 구석에 있던 차를 끓이기 시작했다. 차가 끓여지는 동안 그와 이야기를 나눴다. 할 말은 장성호가 훨씬 많았다.

"물어봐도 되는지 모르겠는데……."

"하문하십시오."

"교장을 그만두는 이유가 있습니까? 제 생각엔 정년까지 꽤 많은 해가 남아 있는 걸로 압니다만."

장성호의 물음에 안 교장이라는 사람이 말했다.

"교장직을 그만두고 성인 대학교를 설립해볼까 합니다."

"성인대학교?"

"여태 조선의 미래를 위해 아이들을 키우고 청년을 계몽하는 것에 집중해서 일해 왔습니다. 하지만 지금은 그것이 자리를 잡았고 더욱 중요해진 것이 어른이라 생각합니다. 이립부터 칠순까지의 교육을 이룰까 합니다. 그래서 교장 직을 내려놓았습니다."

"이유를 들으니 참으로 존경스럽습니다."

"아닙니다. 저보다 특무대신 같으신 분이 더욱 존경스럽습니다. 제가 그렇게 할 수 있는 것도 조선이 부강해졌기 때문입니다."

서로에 대한 존경과 감사를 나타냈다.

장성호는 자신이 보고 있는 위인이 역사에서와 마찬가지로 조금도 그릇되지 않았다는 생각을 했다.

그에게 제안을 했다.

"사실, 오늘 이곳에 온 이유가 안 교장에게 제안하기 위해

276

서 왔습니다."

"제안이라는 말씀입니까?"

"예. 조선의 미래를 위해서 정말로 큰 대업을 이루려고 하는데 안 교장 같으신 분이 무척 필요합니다. 특히 초등학교에서 아이들을 가르치면서 남자아이와 여자아이를 구분 짓지 않고 잘 가르친 경륜이 풍부한 교사가 말입니다. 그런 교사에게 중책을 맡기려고 합니다."

장성호의 이야기를 듣고 안 교장이 물었다.

"어떤… 직책입니까……?"

대답을 들었다.

"양성공정위원회의 위원장입니다."

"양성공정위원회……."

"남녀가 서로 부당하게 차별받지 않고, 오직 공정함을 이룰 수 있도록 정책을 건의하고 계몽을 실천하는 기관입니다. 조정에 가족부가 설치되면 예하 위원회로 편성될 겁니다. 앞으로 조선은 여성이 관직과 직장에 나아감으로써 생기는 문제와 직면하게 될 겁니다. 지난번의 여성우민회 사건도 마찬가지입니다."

이야기를 듣고 안 교장이 고민했다. 그에게는 자신이 생각하던 계획들이 있었다. 장성호의 제안을 받아들이게 될 경우 그 계획을 실천할 수 없다는 것을 알게 됐다.

대신 다른 이가 실천할 수 있었다.

"안 교장이 생각한 것들을 조정 차원에서 준비해보겠습니다. 그리고 양성공정위원회가 있으면 적어도 남녀가 서로 아낄 수 있도록 전 연령층에 관하여 계몽 운동을 벌일 수 있습니다. 성인 대학교에 관해서도 영향을 끼칠 수 있습니다."

이야기를 듣고 고개를 끄덕였다. 그리고 다시 고민했다. 고민을 하다가 조선의 미래를 위해서 자신의 생각을 내려놓았다.

"저의 생각보다 시급한 일인 것 같습니다. 다만 저보다 더 나은 사람이 있지 않을까 합니다."

"그런 사람이 있었다면 이 자리에 있지도 않을 겁니다."

"그렇다면 겸손한 마음으로 소명을 따르겠습니다."

"감사합니다. 이제 안 교장에게 조선의 미래를 맡깁니다. 함께 만민 후대를 위해서 힘씁시다."

"예. 특무대신."

장성호의 제안을 받아들였고 미래로 향하는 강물의 물줄기가 바뀌었다. 악수를 하면서 서로에게 경의를 나타냈다. 이제는 조선의 내일을 향해서 전력을 다해서 싸우는 전우가 됐다.

다음 날 조정에서 중대발표가 이뤄졌다. 특무대신인 장성호가 직접 기자회견장에서 발표를 했다.

촬영기들이 있었고 기자들의 사진기 불빛이 번쩍였다.

"남녀 갈등을 일으켜서 나라의 미래를 어지럽게 하는 행위는 분명히 내란선동이며, 그 계획을 세우는 것은 내란음모일 것입니다. 하지만 위법 집회로 판결이 난 여성우민회가 그렇게 할 수 있었던 것도, 어쩌면 조선에 취약한 부분이 있기에

278

악이 틈탄 것은 아닐까 합니다.

그래서 그 틈이 무엇인지 분석하고 이번에 그것을 메우려고 합니다. 현재 여성이 취업하고 관직에 진출함에 따라 크고 작은 변화들이 이뤄지고 있습니다.

어떤 이는 익숙함을 벌이지 못하고 반발할 수 있지만 우리는 절대 놓치지 말아야 하는 사안이 있습니다.

그것은 바로 공정함입니다. 그리고 공정함을 근간으로 삼는 배려입니다.

남녀가 서로 아끼고 사랑하며, 성별에서 공정해질 수 있도록 새로운 위원회를 마련합니다. 또한 조선 만민 가정의 화평과 조선의 미래라 할 수 있는 자녀 양육의 정책을 세울 수 있도록 폐하의 황명으로 조정에 가족부를 설치합니다.

양성공정위원회의 위원장은 단 한 명이며 부위원장은 남녀 각각 1명씩입니다. 초기 위원회의 정립을 위해서 첫 위원장과 부위원장들의 임기는 5년, 이후엔 2년 임기로 교체될 것이며, 한 명인 위원장에 한해서 남녀가 번갈아 맡는 것을 원칙으로 삼습니다. 또한 위원회는 법부와 가족부에 정책 건의를 할 수 있습니다.

초대 위원장은 평양 대성초등학교 교장이었던 안창호 선생이 맡을 것입니다.

이를 통해 조선의 미래가 밝혀지고 무궁한 영광이 있기를 소망합니다.”

발표를 이루고 단상에서 내려왔다. 신문 기자들의 사진기가 번쩍였고 조선에 새로운 미래가 열리기 시작했다.

회견장 뒤에서 기다리던 김인석이 장성호에게 말했다.

"10년이로군. 10년 동안 대업을 이뤄 놓아야 해."

"잘못된 것을 모두 고칠 순 없지만 최소화 할 수 있을 겁니다. 그렇게 하는 것이 인간이라는 존재의 최선입니다."

모든 문제는 절대 해결할 수 없는 문제였다.

해결할 수 있다고 생각하는 사람들은 대게가 선동가며, 혁명가며, 다른 이들에게 폭력을 저지르기를 주저하지 않는 사람이었다. 그런 이들의 탄생을 최대한 줄이려고 했다. 만민 교육으로 성별을 투쟁의 요소로 삼아 자신의 이익을 챙기고 사상을 강요하려는 자들이 나타나지 않도록 최대한 억제하기 시작했다.

그 후로 5년이 지났다.

성균관을 졸업한 한 졸업생이 금성차에 입사하기 위해 지원서를 냈다. 그녀는 1차 필기시험과 2차 필기시험에서 당당히 합격한 수험자였다.

마지막으로 3차 면접만을 기다리고 있었다.

그녀의 이름을 면접 진행원이 불렀다.

"36번 이서현 수험자."

"네."

"들어오십시오."

"네."

진행원의 부름에 이서현이라는 이름을 가진 수험자가 의자에서 일어났다.

그는 면접실로 들어가 면접관들과 인사했고 자신에 대한 질문에 정직하게 대답했다.

예의를 차리고 요지를 잘 파악해서 대답했다. 미사여구를 쓰지 않았다.

정연한 그녀의 대답을 듣고 면접관이 자기소개서에 관해서 물었다.

"부친이 계시지 않는다는 게 사실입니까?"

"예. 면접관님."

"어떤 부친이셨는지 들은 바가 있습니까?"

"있습니다."

"혹시, 말해 줄 수 있겠습니까? 원하지 않는다면 하지 않아도 됩니다. 개인 신상에 관한 것이라 면접 평가에 들어가지는 않습니다."

면접관의 물음에 서현이 차분히 대답했다.

"제 아버지의 함자는 이씨 성에 찬을 쓰십니다. 제가 아기 시절에 돌아가셨고, 전장에서 전사하셨습니다."

"그때의 전쟁이라면 일본과 전쟁을 치를 때군요."

"예. 그리고 저는 어머니의 보살핌을 받으면서 컸습니다. 그리고 전우회와 정부의 지원을 받으면서 자랐고요. 나라와 아버지 전우 분들의 도움과 배려가 없었다면 저는 이 자리에 앉아 있지도 못했을 겁니다. 좋은 선생님을 만난 것도 큰 행운이라고 생각합니다."

서현의 겸손한 모습을 보고 면접관들이 미소 지었다.

질문한 면접관 외에 다른 면접관이 물었다.

"대학교 1학년을 마치고 군에 입대했군요."

"예. 면접관님."

"군에서의 생활은 어땠습니까? 힘들지 않았습니까?"

질문을 받고 당당하게 대답했다.

"힘들지 않은 군 생활은 없는 것 같습니다. 그래서 지금 군에서 나라를 지키는 군인들의 고단함을 알고 있습니다."

"지금은 남녀가 함께 군대에서 훈련을 받지만, 7, 8년 전만 하더라도 전선의 군엔 남자들밖에 없었습니다. 그래서 업신여김이 있었을 것이라고 생각하는데, 그것에 대해서 어떻게 대처했는지, 어떤 생각을 가졌는지 알 수 있겠습니까?"

다시 질문을 받고 대답했다.

"업신여김이 없었다면 거짓말일 겁니다. 하지만 남자들의 업신여김은 온전히 여자가 약하다는 편견, 그동안 여자가 군에 입대하지 않았던 경험, 기초 군사 훈련만 받은 것에 대한 불신일 겁니다. 성별 자체에 대한 불신이 아닌, 경험과 결과를 놓고 판단한 불신입니다. 그것을 깨트리기 위해서 저는 새로운 결과를 내어야 한다고 생각했습니다. 여자가 강하다는 것을 보여주기 위해 체력을 강하게 길렀고, 그땐 지금보다 몸무게가 15킬로그램 정도 더 나갔습니다. 그렇게 해서 믿음을 주려고 노력했습니다."

"그래도 업신여김이 있진 않았습니까?"

"있었습니다."

"그것에 대해서는 부당함을 호소하지 않았습니까?"

"호소하지 않았습니다."

"어째서입니까?"

"부대에서 지속적으로 공정하게 판단하라는 교육이 있어 왔고, 영출기 방송 등으로 저 대신 정부와 방송국에서 부당한 일이라는 것을 인지 시켰기 때문입니다. 그래서 갈수록 저와 여자 사병들에 대한 업신여김이 줄어들었습니다. 나중에 가서는 마지막까지 편견을 가진 남자 장병들을 다른 장병들이 비판하고 시정할 수 있도록 저의 편이 되어줬습니다. 그런 상황에서는 대세에 만족하고 나서지 않는 것이 최선이라 생각합니다."

대답을 듣고 다시 면접관이 고개를 끄덕였다.

그들의 미소를 보고 서현이 좋은 결과를 예상했다.

면접관이 온화한 목소리로 서현에게 말했다.

"면접이 끝났습니다. 나가도 좋습니다."

"수고하셨습니다."

"고생했습니다."

필기시험을 통과한 수험자에게 굳이 학교와 학과, 성적을 묻지 않아도 됐다.

온전히 실력과 인성으로만 신입 사원을 뽑고자 했다.

서현이 나가고 면접관들이 이야기했다.

"당당하구만."

"저 정도 생각을 가졌다면 나중에 경력이 붙어서 승진해도 회사에 득이 되면 됐지 손해를 볼 것 같진 않습니다. 성과를 이룬다면 임원이 될 수도 있을 것 같습니다."

열린 생각으로 서현의 미래를 상상했다. 그녀는 금성자동차를 위해서 좋은 자세와 능력을 보여줄 것이라고 생각했다. 그리고 다음 수험자를 들이기 위해 진행원에게 눈짓을 줬다. 다음 수험자가 안으로 들어왔고 면접관이 이름을 물었다.

"이름이 어떻게 됩니까?"

수험자가 대답했다.

"유관순입니다."

자신만만한 미소를 드러내는 수험자를 보면서 면접관이 물었다.

"저희 회사에 지원한 동기가 무엇입니까?"

계속해서 면접 평가가 이뤄졌다.

면접관들은 이미 필기로 실력을 증명한 수험자들을 두고 함께 일할 때 가장 높은 성과를 이룰 수 있을 것 같은 수험자들을 뽑았다. 성별과 관계없이 오직 실력으로만 인재를 뽑는 공정함이 조선에 뿌리를 단단하게 내렸다.

남녀공정위원회의 위원장인 안창호에게 서신 하나가 전해지면서 그를 흐뭇하게 만들었다.

그의 미소를 보고 위원이 물었다.

"무슨 좋은 소식이라도 있습니까?"

위원의 물음에 안창호가 대답했다.

"어렸을 때부터 보살피고 가르쳤던 아이가 있는데, 이번에 금성차에 기술직으로 취직했다고 합니다. 아이의 아비가 함께 전쟁터에서 싸웠던 전우였습니다. 전사해서 아이의 어미가 정말 힘들게 키웠는데 이렇게 나라의 당당한 일꾼이 되어서 너무나 기쁩니다."

서현의 취직에 안창호가 기뻐했다. 위원은 그의 공으로 인해서 아이의 미래가 밝혀졌다고 말했고, 안창호는 오직 서현의 능력으로만 회사에 취직한 것이라고 말했다.

그저 조선에 공정함이 깃들 수 있도록 애쓸 뿐이었다.

그렇게 안창호의 임기가 끝이 났고 그는 새로운 직책을 맡게 됐다. 조선의 미래에 큰 영향을 끼치는 직책이었다. 그를 대신으로 임명하면서 황제가 환하게 웃었다.

"회합을 가질 때만 하더라도 이런 날이 올 줄은 몰랐었는데, 결국 짐의 중신이 되는군."

"신도 이 자리에서 폐하를 알현하게 될 줄 몰랐습니다."

"언론을 통해서 짐과 백성들의 나라에서 남녀가 성별로 차별받지 아니하고 오직 능력으로 인정받는 세상이 왔다는 것을 실감하고 있다. 이는 백성들의 노력도 있겠지만, 양성공정을 위해서 힘써왔던 경의 노력이 성과로 대성한 것이라고 생각한다. 이제는 가족부 대신이 되어 조선의 가정과 자손 번영의 미래를 위해 힘써주기 바란다."

"황명을 받들겠습니다. 폐하."

임명장을 받고 이척이 손을 내밀었다. 악수를 하면서 안창호는 조선의 미래와 만민의 가정을 지키고자 했다.

그 가정에 곧 혼례를 치르게 될 서현의 가정과 유관순의 가정도 포함되어 있었다. 장성호가 곁에서 두 사람을 지켜보고 있었다. 결국 고위직에 오른 안창호를 보면서 가슴에 새겨져 있던 불만족이 지워졌다.

'이걸로 됐어.'

다시 5년이 지났고 공산주의의 사상적 공세가 벌어지기 시작했다.

평등이라는 단어는 성별에도 적용될 수 있었다.

1932년에 큰 혁명이 일어났다.

그 혁명은 불평등에 분노하는 민중의 혁명이었다.

혼란이 파도처럼 밀려들기 시작했다.

〈다음 권에 계속〉

상관의 배신으로 가족들을 잃은 박훈.
복수를 성공했으나 그 역시 목숨을 잃는데…

[염라대왕이 플레이어에게 가호를 내렸습니다.]

무림에 환생한 가족들을 지키기 위해
낭인 이광의 육신에 깨어난다.
그의 앞에 나타난 지옥의 탈주악령들.
무림고수의 육신에 빙의한 그들은 너무도 강했다.

[특별보상 '수라도' 가 지급되었습니다.]

악령들의 형(刑)을 집행하고
사랑하는 가족들을 지켜라!

무림 플레이어

문지기 무협 장편소설

어울림

어울림 B O O K S 신인 작가 대모집!

어울림 출판사는 무한한 상상력과 뜨거운 열정을 가진 작가 여러분을 기다리고 있습니다.
창작에 대한 열의가 위대한 작품으로 꽃피울 수 있도록 저희 어울림 출판사가 여러분의 힘이 돼 드리겠습니다.

지금 도전하십시오!

모집 분야 : 판타지, 역사, 무협, 로맨스 등
모집 대상 : 아마추어, 인터넷 작가등 열정을 가진 모든 작가
모집 기한 : 수시 모집
작품 접수 방법 : 당사 네이버 카페 또는 이메일을 이용해 주십시오.

파일 형식은 제한이 없으나 원활한 원고 검토를 위해 '.HWP' 형식으로 보내주시고, 파일에 연락처도 함께 기재해주시면 됩니다.

채택된 작품은 정식 계약을 통해 출판물로 간행됩니다.
간행된 출판물은 당사의 유통망을 이용하여 전국 서점으로 배포됩니다.
※ 문의 사항은 **네이버 카페**(http://cafe.naver.com/oulim0120)를 이용하시기 바랍니다.

경기도 고양시 일산동구 장항동 43-55 성우사카르타워 801호
어울림 출판사 신인 작가 담당자 앞
전화 031) 919-0122 / **E-mail** 5ullim@daum.net